I edizione: luglio 2023
Pubblicato in accordo con Alferj e Prestia Agenzia Letteraria

Via Isonzo 42, Roma

ISBN: 979-12-5967-375-6

www.fazieditore.it

Luisella Mazza

Bum bum bum

LE MERAVIGLIE

1
Mi chiamo Oscar e sento il mio cuore battere nell'orecchio

Mi chiamo Oscar e sento il mio cuore battere nell'orecchio. Mi succede al mattino presto, o la sera tardi. All'inizio mi ero un po' spaventato, pensavo all'infarto, all'ictus. Poi ho cominciato a farci l'abitudine. Sento un suono basso e profondo, tipo: bum bum bum.

La settimana scorsa mi sembrava che l'orecchio sinistro mi scoppiasse da un momento all'altro. Poi il bum bum bum è sparito. Domenica però le cose sono andate in un altro modo. Dopo due o tre bum bum più forti, ho sentito questa voce nell'altro orecchio: *Dimmi la verità, la verità!* Io mi sono guardato intorno, non c'era nessuno nella mia stanzetta. Rimettiamoci a dormire che è meglio, mi sono detto. Bravo, a quarant'anni fatti venire l'infarto. E mi sono rimesso giù.

La sera dopo, uguale ma peggio. Mi metto giù nel mio lettino col mio piumino, mi parte nell'orecchio il bum bum bum. Cuore, cuore, ma cosa vuoi? Mi vuoi far dormire? Che domani è una giornata lunga. Domani arriva la donna delle pulizie. E invece no, di punto in bianco risento la voce dell'altra notte che dice: *No me quieras matar!* Questo è l'esaurimento nervoso, penso.

Mi viene in mente di telefonare alla mia amica Bianca, ma sono le due di notte. E poi cosa le dico? Bianca, sono Oscar, sento il cuore che batte nell'orecchio sinistro e sento le voci in spagnolo nell'orecchio destro. Sì sì, mi sembra proprio il caso di telefonare a Bianca. Oppure posso bere un bicchier d'acqua tornare a dormire. Inspiro, espiro, inspiro, niente di strano, mi metto giù, dormo.

Al mattino sto malissimo. Esco, cammino che i piedi vanno da soli, li guardo, penso: Meno male, piedi, che sapete dove andare, che io non ci sto con la testa. Arriva la donna delle pulizie, mi dice: Ce l'ha il Cif? Ce l'ha il Viakal? Io non mi ricordo, mi sento la testa pesante, trovo il Cif ma non va bene per il bagno, poi trovo lo straccio ma non va bene per il parquet, avanti così per tentativi per mezz'ora, lei dice: Qui ci vuole una donna. Purtroppo per quello non sono attrezzato, le dico, se n'è andata e qui dobbiamo chiudere la baracca. Fa una faccia che lo vedo che pensa che è colpa mia, ma non dice niente. Comunque alla fine ci mettiamo lì a pulire tutto: la sala da ballo, gli specchi, lo spogliatoio delle donne, lo spogliatoio degli uomini. Siamo lì a pulire il parquet della sala, lei è molto soddisfatta che viene bene tirato a lucido, dice: Cera a specchio! ed è contentissima. Sta bene, lei, al mondo così tirato a lucido. Io le sorrido mi viene un po' di disperazione un po' da piangere ma non dico niente. Poi si fanno le otto, ci tiriamo dietro la porta, arriva il padrone della sala mi dice: Tutto bene? Tutto bene. Ci stringiamo la mano, gli ridò le chiavi, rimaniamo lì zitti due minuti con quella disperazione di occhi bassi e braccia larghe, quei silenzi che come parli, sbagli. Alla fine mi fa: È andata così, cosa vuoi andarci a dirci? E scompare veloce nel suo mondo di padroni di sale da ballo.

Torno a casa mi butto sul letto con le scarpe mi viene un po' da piangere, i pensieri tristi. Una volta quando mi buttavo sul letto con le scarpe era che ci eravamo stancati ben bene a ballare, e togliermi le scarpe non ne avevo la forza, me le toglievi tu. C'erano delle serate che ballavamo anche tre, quattro ore di fila ma ero felice, io con te avrei ballato anche tutta la notte. E poi ce lo dicevano tutti: Ma come siete belli assieme, ma come ballate bene. Anni e anni di prove e gare e puzza di lucido da scarpe, poi finalmente avevamo messo insieme quattro soldi per una scuola come la volevamo noi.

Stavamo bene con la nostra scuola di ballo dei poveri, ci piaceva, fino a quando non ti sei messa in testa che insegnare il tango non bastava. Dobbiamo modernizzarci, dicevi, ora vanno i balli caraibici, io non volevo ma ci volevamo bene ti ho lasciata fare. Hai messo su un corso nuovo, hai voluto quel maestro col ciuffo, io ero un po' geloso mi dicevi che ero matto, che cosa andavo a pensare. Poi un giorno bruttissimo te ne sei andata col maestro di salsa merengue e bachata, addio Oscar. E adesso sono sul letto con le scarpe su e penso che te ne sei andata col maestro di salsa merengue e bachata e mi parte il bum bum nell'orecchio. Stavolta è un po' più dura non fare caso al battito. Allora gli dico a voce alta: Cuore, cuore, lasciami un po' tranquillo, non hai visto che giornata oggi, mi vuoi far riposare cinque minuti? Sto diventando matto a parlare da solo, nella nostra stanzetta nel nostro lettino, al mio cuoricino nel mio orecchio che batte, sta per scoppiare.

Forse il cuore stavolta ha sentito, tant'è di punto in bianco si ferma il bum bum, sento nell'orecchio: *Oscar, allora?* Proprio così, chiarissimo, e poi: *Non c'è più niente da fare, è stato bello sognare*, dice la voce piano piano. Ma chi è? gli rispondo. *Oscar! Da una lacrima sul viso, ho capito molte cose*, sussurra. Eh? *Oscar!* dice la voce. Si sa che i cuori possono resistere a tutto, tranne che agli anni Sessanta. *Buonanotte!* dice la voce, e io non lo so ma almeno si ferma il bum bum nell'orecchio. Penso: È tutto un sogno, mi addormento.

Il mattino dopo mi sveglio, c'è da andare dal commercialista, dall'amministratore a chiudere i conti a pagare le spese. Quando c'eri tu, io non sapevo nemmeno dove stessero il commercialista, l'amministratore. Poi te ne sei andata col maestro di salsa merengue e bachata, e io ho dovuto imparare le tasse dell'immondizia, le spese condominiali, le dichiarazioni fiscali. Per andare dal commercialista devo prendere il treno. La stazione di arrivo è la stessa che una volta frequentavo per lavoro, facevamo tutti e due degli extra per guadagnarci la caparra della nostra scuola di ballo dei poveri. È un posto pieno di disperati che guardano su verso i tabelloni, si stropicciano gli occhi nella luce gialla dei neon, aspettano il messaggio dell'oracolo, il numero del binario. Oggi scendo dal treno, entro nella stazione, guardo intorno, penso: Sì va bene addio scuola di ballo dei poveri, però bellissimo, non doverci mai più mettere piede in questa stazione. Ecco una cosa che ho deciso non mi succederà mai più nella mia vita. Io ho deciso, per nessun motivo voglio questa stazione nella mia vita, mai più. Io questa stazione, può diventare la stazione più bella del mondo, non mi interessa, sarà sempre un posto che nella mia vita io ci metterò tutte le forze per starci alla larga, alla larghissima.

Con questi pensieri mi sento meglio, entro nello studio del commercialista, mi dice: Oscar! Come andiamo? Tutto bene, gli rispondo e mi viene da piangere ma stavolta appena appena. Il commercialista ha sopra la testa due fotografie grandissime appese al muro, incorniciate una vicina all'altra. Su quella a sinistra, su uno sfondo di scenari con palmizi, c'è scritto Route 66, su quella a destra su uno sfondo di montagne innevate c'è scritto Ruta 40. Indico col dito verso destra gli chiedo: Bella eh, la Patagonia? Mi guarda come a dire: Patagonia io? poi guarda la foto, guarda me, Nooooooo, mi dice. Figurati, la Tati certi posti mai e poi mai. L'anno scorso siamo stati alle Maldive. Bellissimo, dice. Tutto incluso. Abbiamo mangiato malissimo, però vuoi mettere, tutto incluso. Anche lo snorkeling. Anche il diving. Bellissimo, gli dico. Bravissimi, avete fatto bene. Poi vuoi mettere, tutto incluso! Ci sei stato tu, in Patagonia? mi chiede, e io gli dico: Sì, ci sono stato. Bravo. Cosa c'è di bello, in Patagonia? Gli rispondo: Non c'è niente in Patagonia. È quello il bello, secondo me, per quello si sta bene, in Patagonia. Mi guarda un attimo di traverso da sotto gli occhiali, io lo so perché. Ho sbagliato. Sono anni che ho imparato che, quando dico Patagonia, non devo dire: Il bello è che non c'è niente, anche se a me piace quel niente di chilometri e chilometri di cielo stellato, di erba secca e di mate caldo. Devo dire solo: Chatwin. Perché allora dicono: Aaaah, *Le Vie dei Canti*, chissà che avventura, la Patagonia. Non lo so, dico. *Le Vie dei Canti*, non l'ho mai letto. Reagiscono un po' male, mi dicono: Devi leggerlo assolutamente! Se ti piace la Patagonia, imperdibile! Dentro di me penso: *Le Vie dei Canti* è ambientato in Australia. Invece: Certo, devo proprio leggerlo, dico.

Invece per fortuna questa volta parliamo di dichiarazioni fiscali, niente *Vie dei Canti*, ma all'improvviso sento bum bum. Forse ho una faccia che fa spavento, perché il commercialista mi dice: Oscar! Stai bene? Vuoi un bicchiere d'acqua? Mi mettono sul divano, mi portano un bicchiere d'acqua. Mi fa: Oscar, ma piangi? E di punto in bianco sento nell'orecchio: *Oscar, digli: Un uomo piange solo per amore!* Invece gli dico: Tutto bene, un calo di pressione. Prendo la mia cartellina i miei documenti, me ne vado.

Vado a prendere un caffè, penso: Così non possiamo andare avanti. Cuore, ma cosa ti viene in mente? Sei impazzito? Guarda che figure di merda mi fai fare, a piangere dal commercialista. Poi di nuovo: bum bum dentro la testa. *Se piangi, se ridi, io sono con te*, dice la voce lì dentro. Ma allora, cosa succede? dico io. Il barista mi guarda strano. Due vecchiette con cane e una giovane vecchia col lifting si girano all'unisono. *Oscar! Sono un cuore matto, matto da legare*, continua la voce. *Perché sono parte di te. Ogni momento, dovunque andrai, accanto a te mi troverai.*

Penso: Ascoltare il cuore, ho sempre pensato fosse un modo di dire, tipo: parlar col cuore in mano, al cuor non si comanda eccetera. Vai a sapere che forse era vero. Va bene cuore, parla, cosa vuoi? Non ci capisco niente quando parli, dico. *Parlo nella lingua dei Grandi Maestri del Sentimento*, dice il cuore. E chi sarebbero questi Grandi Maestri? gli rispondo. *Eeeeeeh*, dice il cuore. *Coloro che hanno scoperto i Veri Misteri del Cuore.* Per esempio? *Questo è un segreto*, dice. *Ma te ne svelerò alcuni, perché sei messo male. Per esempio Bobby Solo, Julio Iglesias, Pino Daniele, Little Tony, Ron e Vasco Rossi. Anche Dante Alighieri delle volte, però Dante è proprio per i casi disperati, quelli che le canzoni non bastano mica, ci vuole della gran poesia, altroché, magari poi vediamo.*

Mando giù l'ultimo goccio di caffè, poi: Siamo a posto, gli dico. *Va bene va bene va bene va bene così*, risponde il cuore. Dopo un po' fa: *Eeeeeeh*. Poi si zittisce. Me ne sto ancora lì due minuti al tavolino casomai voglia dirmi ancora qualcosa, poi prendo la mia cartellina i miei documenti, me ne vado.

La scuola di ballo sarà anche stata dei poveri, ma tolte le spese le tasse i maestri col ciuffo all'inizio qualcosina si guadagnava. Invece già da un po' non arrivavamo alla fine del mese, con tutti i lavori che Maria si era messa in testa di fare. Da quando era arrivato quello lì non le andava più bene niente. Aveva voluto rifare il parquet, mettere un sacco di specchi alle pareti, comprare un impianto stereo enorme, costosissimo. A pensarci adesso, sarà stato lui a metterle in testa tutto quanto. Intanto più passavano i mesi, più andavamo a bagno, e più Maria si lamentava. E adesso, io di guadagnare qualcosa ne avrei bisogno. Sono già due settimane che abbiamo chiuso. Solo che io tutta la vita, tranne il ballerino di tango prima e il maestro di tango dopo, non ho fatto molto. E di lavori di maestri di tango non ce n'è in giro. Sono giorni che mi metto a fare una lista delle cose che potrei fare, non mi viene in mente niente. Poi penso che forse dovrei modernizzarmi anche io, riciclarmi come maestro di salsa merengue e bachata, ma solo al pensiero mi viene dentro un disgusto, un'arrabbiatura che è meglio di no. I Caraibi, meglio evitarli per un bel po'. Anzi, per sempre. I Caraibi per me adesso sono come quella stazione. I Caraibi sono un posto che nella mia vita non ci deve entrare mai più. Allora telefono alla mia amica Bianca.

La mia amica Bianca fa la maestra di yoga, poi fa anche la pittrice e dei lavoretti molto belli con la lana cotta, tipo borse che poi vende alle bancarelle. Ci diamo appuntamento al caffè del mercato che è un posto che piace a Bianca, ci sono dentro degli squinternati come lei però costa poco e non fa freddo. Sto male malissimo, Bianca, aiuto. Mi serve un lavoro, non dormo e sento le voci. Tolto questo, tutto bene.

La mia amica Bianca, secondo me, di casi disperati come il mio ne vede tanti. Mi racconta sempre alle lezioni di yoga è pieno, di gente che non sta bene. Vieni a fare yoga, Oscar, che ne hai bisogno. Ti rimette a posto i chakra, dice Bianca. Io non sono convinto, non dico niente, poi sento nell'orecchio: *Più è tacer, che ragionare, onesto!* Allora dico: Va bene, ci vediamo domani.

Il giorno dopo sono seduto sul tappetino a gambe incrociate, piede destro sotto il ginocchio sinistro e viceversa, mi hanno fatto togliere le scarpe e mettere delle calze speciali che hanno loro con gli attacchini sotto. Davanti a me c'è una di mezza età che fa un profumo tipo fiori da sala d'attesa del dentista. A fianco ce n'è un'altra che si allunga si divincola, fa delle mosse tipo quando in bicicletta fai la freccia con le mani. Mi guardo attorno, sono l'unico uomo. Comunque, tutto bene. Arriva Bianca e dice: Benvenuti, fatevi i complimenti per essere qui, per avere scelto di dedicarvi a voi stessi in questo giorno, bravi. Io già così, se non era Bianca, prendevo le mie cose mi alzavo me ne andavo per direttissima, ma vedo che mi guarda, mi fa l'occhiolino di sguincio, capace che ci rimane male. Allora resto, iniziamo. Adesso sollevate le mani unite davanti al cuore, ecco così piano piano inspirate, espirate, inspirate, ecco ora tutti insieme portiamo dolcemente le mani sopra la testa, espiriamo dolcemente, aaaaah. Avanti così per un'ora.

Ecco io direi che i chakra per un bel po' sono a posto, dico a Bianca dopo la lezione. Ma come! dice lei, scuote la testa, spalanca gli occhi come se avessi detto chissà cosa. Ti aspetto anche domani! aggiunge. Intanto vado a casa poi vediamo, le dico. La notte però mi metto giù nel mio lettino non sento niente. Sparito il bum bum bum dentro l'orecchio. Silenzio. Rimango lì a fissare il soffitto al buio, gli occhi spalancati, penso: Adesso arriva. Sicuro garantito al cento per cento che arriva. Due minuti e arriva, stai a vedere. Invece niente. Neanche un borbottio nell'orecchio. Silenzio totale. Stai a vedere che aveva ragione Bianca, penso. Stai a vedere che ridendo e scherzando erano davvero i chakra. Poi di colpo, bum bum. *È tutto un equilibrio sopra la follia!* Ci risiamo. Cosa vuoi, cuore? *Ti voglio bene, non l'hai mica capito. Ti voglio bene nonostante tutto, ti voglio.* Io no, cuore, non ti voglio bene, lasciami in pace, non voglio soffrire, voglio solo morire, non voglio fare lo yoga, rivoglio la mia vita, la mia scuola di ballo dei poveri, rivoglio ballare fino a notte tarda come un vecchio *milonguero*, non voglio puzzare di dentista e portare dolcemente le mani sopra la testa. Hai capito, cuore? *Ci vuol talento per chiamarlo amore, se chiudi gli occhi ti scoppia il cuore*, dice il cuore. Che a me sembra un po' una minaccia ma chiudo gli occhi lo stesso, e finalmente mi addormento.

Il giorno dopo contro ogni previsione sono di nuovo seduto sul tappetino, un po' perché non ho niente da fare, un po' perché Bianca mi ha telefonato ha insistito, un po' perché in effetti dopo tanto tempo ho dormito quasi otto ore di fila tant'è, sono di nuovo a gambe incrociate piede destro ginocchio sinistro eccetera. Ecco, piano piano portate le mani davanti al cuore, sopra la testa eccetera eccetera. Così passa una settimana, poi due, poi tre di giri a vuoto dentro casa, di code per le bollette per le tasse, di svegliarmi tardi confuso, la testa pesante. Nel frattempo ho imparato a fare il ponte con le mani dietro la testa a pancia in su, ho anche reimparato a fare la verticale al muro, erano anni che non la facevo. Le signore di mezza età in rosa super equipaggiate di tappetini ammortizzati e calzini super attak prima mi guardavano altezzose, ora invece mi guardano con sospetto, sento discreti mormorii quando entro. Una volta è persino partito un: oooh! collettivo alle mie spalle quando modestamente con grande classe e naturalezza ho tirato su altissima la gamba in quella posa che c'è da tirare su la gamba. Ma io avrei voluto dire: Guardate che voi mi vedete così un po' triste, appena appena un po' calvo e sovrappeso, ma io sono un *verdadero tanguero* argentino, altroché! Invece non ho detto niente.

Poi una sera, finiamo la lezione, faccio per allacciarmi le scarpe e uscire, sento qualcuno che mi guarda, mi giro, la vedo. Forse guarda un altro, mi dico, giro la testa a destra e sinistra ma no, sono andati quasi tutti via. Mi fa cenno con la testa, mi sorride, guarda proprio me. Allora anche io le sorrido, solo che queste cose non sono capace, faccio una faccia amichevole come se la conosco, invece no, non so nemmeno come si chiama. Sei stato bravissimo, oggi, mi dice. Hai fatto dei progressi, che io è un anno che vengo qui e non me li sogno neanche, complimenti. Grazie, le dico, sei gentile. Solo non capisco cosa vuole da me, che non è vero, lei è brava, la vedo fare delle verticali senza il muro che invece io senza muro non ci provo neanche. Allora forse dovrei dire qualcosa, solo che queste cose non sono bravo, finisco di allacciarmi la scarpa penso: Va bene, sei stato amichevole, adesso puoi alzarti e andartene tranquillo. Invece no. Alzo la testa vedo che si è messa seduta sulla sedia di fronte alla mia, mi sorride, mi dice: Ho sentito che fai il maestro di tango. Bellissimo, il tango. Anche io ballavo, una volta, mi dice. Poi china la testa da un lato, muove all'indietro la mano due o tre volte, come a dire: Tanto tempo fa. Non so cosa fare, che io vorrei andare a casa con i miei chakra allineati, ma mi sta salendo qualcosa nello stomaco, a sentirla parlare, che non lo so. Allora dico: Be', si sa, come andare in bicicletta, una volta che hai imparato anche se smetti, poi ti ricordi. Ride nervosa, si stropiccia una ciocca lunga biondissima, non sa cosa rispondere, si vede che non mi vuole mettere in imbarazzo. Hai ragione, dice, speriamo! Lo dice con un entusiasmo che non capisco da dove venga, che poveretta pensava di fare conversazione e invece è caduta male, fare conversazione con me che non sono capace. Allora ci vediamo, buona serata... dice, come se si è dimenticata il mio nome, ma si capisce che è una scusa. Oscar, mi chiamo Oscar, le rispondo, e tu? Nina. Buona serata Oscar, ciao, e se ne va con il suo zainetto col suo tappetino rosa arrotolato stretto sotto il braccio.

Al mattino mi sveglia questo suono acuto, fastidioso, non lo sentivo da tanto tempo. Sento uno strano presentimento in gola, addio chakra allineati, penso. Alzo il citofono, sento: Raccomandata! Scendo a firmare, ho ancora su il pigiama, le ciabatte. Il postino mi guarda in un modo che sono brutte notizie, si vede che gli dispiace che non sono preparato. Mi dà una busta marrone, pesante, c'è scritto il mio nome e cognome. Mi fa vedere col dito dove firmare, è proprio per me.

Apro la busta, leggo: Canone di locazione – sollecito di pagamento e costituzione in mora. Che vuol dire: Non hai pagato l'affitto di casa, addio Oscar. Allegati: contratto di locazione, eccetera. Mi siedo, guardo le righe del pigiama, le unghie lunghe nelle ciabatte di gomma. Bum! Come se non lo sapessi, che non pago l'affitto da tre mesi. Bum bum! Avevo pensato: Cosa vuoi che sia, un mese senza pagare l'affitto, può capitare. Tempo che se ne accorge gliel'ho già versato, solo un po' in ritardo. Bravissimo, proprio un bel piano, sì sì. Bum bum bum! Non glieli avevo versati poi, i soldi dell'affitto, né quel mese, né quelli dopo. L'ultima volta dovevo anche pagare le tasse dell'immondizia, le rate del condominio. Avevo persino pagato il maestro col ciuffo, che mi sembrava portasse bene liquidare il trattamento di fine rapporto con salsa merengue e bachata. E poi ci avevo anche un po' sperato, capace che non se ne accorge il padrone di casa, che ne ha tante di case in affitto. Capace che la faccio franca stavolta, e poi tempo un mese o due mi rialzo da queste sfortunate circostanze materiali e gliene pago anche quattro, anche cinque di mesi di affitto. Invece no.

Mi sdraio sul divano, appoggio la testa sullo schienale, chiudo gli occhi. Cuore, non dici niente stavolta? Non ce l'hai una canzone adatta all'occasione? Il cuore resta zitto, si vede che è in difficoltà. Poi sento: *Non è così tragica, se esiste una logica.* Allora mi viene un nervoso, una rabbia che parte su dallo stomaco sale dentro la gola, urlo: Ah sì? Va a finire che poteva andarmi peggio? Che devo anche ringraziare che non ho più un lavoro, una donna, neanche più uno straccio di casa? Sparisci cuore, non ti azzardare a farti sentire mai più. Silenzio. Anche l'orecchio si è zittito. Devo stare calmo. Om. Inspiro, espiro, cerco il telefono, chiamo il padrone di casa.

Il padrone di casa risponde al primo squillo. Pronto! dice, si sente che mi aspettava al varco della ricevuta di ritorno. Pronto, sono Oscar, ho ricevuto la raccomandata, gli dico. Poi aspetto. Voglio che dica: Oscar! Non preoccuparti, stai tranquillo è solo una formalità. Figurati se ti caccio di casa per tre mesi non pagati. Ci mancherebbe. Allora io direi: Certo, telefonavo così tanto per, siamo d'accordo. Allora lui risponderebbe: Me li dai con calma quando puoi, fra due o tre mesi. Grazie! direi cordialissimo, buona giornata! Invece dice secco: Lo so. Giornata storta, penso, siamo rovinati. Allora, cosa vogliamo fare Oscar? mi dice. Abbi pazienza, ti spiego tutto di persona, rispondo, vediamoci al bar della stazione di Brignole alle quattro. La stazione di Brignole mi fa schifo, ma un po' meno schifo di quell'altra che non ce la voglio mai più nella mia vita. E poi mi pare che è vicino a casa sua, non mi può dire di no. Sento che non gli piace, che lui sperava che dicessi: Scusa, te li mando subito i soldi dell'affitto. Anzi, te li ho già mandati, non hai visto? Rimane un po' zitto, poi sbuffa, dice: Quello grande, a fianco della biglietteria? Va bene, e mette giù.

Il bar della stazione è un posto pieno di gente poco pulita con valigie al seguito che ti tagliano le gambe a tradimento, ma è pieno pienissimo e non mi conosce nessuno. Il padrone di casa è già lì, in fondo in fondo, gomito piantato sul bancone. Mi vede arrivare, tira su la mano, piega veloce le dita unite, come a dire: Vieni, vieni. Mi avvicino, lo saluto: Ciao Ennio, lui mi guarda, non risponde, fa un cenno al barista, gli dice: Due caffè. Uno corretto grappa. Va bene, dice il barista. E un gratta e vinci! aggiunge. Il barista scuote la testa, gli dice: Capo, questo è il decimo, sei sicuro? Poi però non aspetta nemmeno la risposta, guarda me, guarda il bancone, torna alla macchina del caffè. Ennio ha ancora il gomito a novanta sul bancone, si gira verso di me, è ingrassato, stazzerà sui cento chili. Ha gli occhi gialli, i denti larghi gli occhiali un po' rotti, una stanghetta ciondola storta. Allora, cos'è questa novità, Oscar? dice col fiato di uno che è dal mattino che ci dà dentro. Pianta la faccia nella mano, si gratta la barba. Mi han detto che hai chiuso la scuola, dice. Sorride piano, a labbra strette, gli occhi socchiusi. Sento una scarica di bum bum bum, poi: *Oscar, digli: Nessuno mi può giudicare, nemmeno tu!* Invece non dico niente. Passo un dito su e giù dal bordo del bancone, è liscio e freddo peggio del frigo vuoto. Arrivano i caffè, sul gratta e vinci c'è scritto grande, maiuscolo, dorato: «IL MILIARDARIO». Ennio non mi guarda, prende una moneta, gratta il biglietto, poi soffia via forte la polvere argentata. Atterra leggera sui piattini, sui cucchiaini, sulle bustine di zucchero. Lo guardo, non dico niente, col dito tolgo piano piano la polvere di gratta e vinci dal mio piattino dal mio cucchiaino.

Scuoto le spalle, penso: Oscar, a casa ti sei studiato il piano. Hai un bel discorsetto da fargli. Allora? Tossisco una volta, due volte, lo guardo, inizio: Capo, è un brutto momento. Tiro il fiato. Mi era sembrato facilissimo, a casa. Riparto: Ho avuto un po' di spese impreviste. Inspiro, il cuore picchia rimbomba e fa i salti, ma io mi copro l'orecchio con la mano, non lo faccio parlare. Giusto il tempo di ingranare con il lavoro nuovo, te lo giuro, dico. Ennio non sorride, mi guarda, aspetta. L'orecchio mi brucia sotto la mano. Appoggio l'altra mano, sudata, sul bancone freddo, per un attimo mi tornano in mente Maria, il Ciuffo, la donna delle pulizie. Avrei due mesi di cauzione, mi pare, continuo. Sento la voce che mi trema, la gola secca. Magari me ne scali un mese per questo, uno per quello prima. Poi l'altro te lo do il prima possibile, e siamo a posto, dico. Mando giù il caffè, volteggio verso il disastro aggrappato a questa tazzina, me la passo tra le mani. Bisbiglio: Ennio, te lo giuro. Penso: Basta, basta così, e mi viene un po' da piangere.

Stammi bene a sentire, Oscar. Anch'io ho dei casini, capito? Non te l'immagini nemmeno, i casini che ho, dice Ennio. Guarda il biglietto, guarda me, poi lo strappa piano piano a metà, di nuovo a metà. Lo finisce in pezzetti piccolissimi. Li aggiunge alla montagnola di Miliardari sul bancone, ma gli tremano le mani, la montagnola si sbriciola in una spiaggetta argentata. Ennio guarda la spiaggetta di Miliardari, poi guarda me, scuote la testa. Alza la voce: Non hai capito che mi servono i soldi? Che cauzione e cauzione? Il barista alza lo sguardo dalla macchina del caffè, ci studia con la coda dell'occhio. Ennio batte una manata sul bancone, si alza un po' di polvere di gratta e vinci, i cucchiaini fanno tin! tin! nelle tazzine. Mi guardo le scarpe. La polvere argentata è atterrata anche lì. Dice ancora più forte: O paghi, o tempo un mese ti caccio fuori. Cosa vuoi fare? Il barista si ferma, ci osserva. Bum! Il cuore mi batte fortissimo nell'orecchio, si infuria, bum bum! Non gliela vuol dare vinta. *Oscar, digli: C'è chi dice no, c'è chi dice no!* Inspiro, metto giù la tazzina. Sento la gola che brucia, le guance infiammate. Dentro la testa che mi scoppia penso: Ciccione! Ubriacone! Stronzo! Inspiro, mi guardo le scarpe, incrocio le braccia. Poi all'improvviso, non so da dove, mi esce questa voce lontana, profonda, stanca: Se le cose stanno così, me ne vado. Mi guarda, inclina la testa da un lato, spalanca gli occhi. C'è rimasto male, ma solo un minuto. Bravo, fuori dalle balle, dice, poi dice anche qualcos'altro ma non lo sento, son già quasi sulla porta del bar, esco.

Arrivo nel parchetto della stazione, mi gira la testa, mi siedo sulla panchina. Bravissimo, dico. Complimenti! Contento, adesso? Ma cosa mi è venuto in mente? Dovevo supplicarlo, altroché. Adesso torno indietro e lo imploro che non mi cacci di casa, che non so dove andare. Adesso torno lì e gli dico: Ennio, ho sbagliato, ti supplico aiutami, te lo giuro che trovo i soldi. Mi inginocchio per terra mi metto anche a piangere, se ce n'è bisogno. Altro che le impennate di eroismo. Bum bum bum! Non ti azzardare sai, cuore? Che la colpa è tua. Se stavi zitto, forse ce l'avevo ancora una casa. L'orecchio smette di battere. La gente passa, mi guarda, cosa penseranno di me, coi pugni schiacciati sulle tempie a piangere sulla panchina nel parco della stazione. Rimango lì solo a guardare per terra, poi non passa più nessuno, hanno acceso i lampioni, fa freddo. *Oscar!* dice il cuore, *Che giova ne le fata dar di cozzo?* Ci penso un po', dico: Va bene, andiamo a casa.

Sulla strada per casa mi fermo al bancomat, faccio l'estratto conto, penso: Al massimo mi posso permettere una stanza. Anzi, forse un posto in doppia, se mi va male. Arrivo a casa fa freddo, metto su un maglione, ha dei buchi ma è morbido e blu e tiene un bel caldo, me l'aveva regalato Maria. Accendo la musica mi lavo i denti, stasera sono bravissimo passo anche il filo interdentale, poi a tradimento arriva Astor Piazzolla, *Libertango*. Mi fermo, guardo lo specchio. C'è uno di mezza età. Ha la barba lunga, le occhiaie, un pezzo di filo interdentale all'angolo della bocca, il dentifricio gli cola piano sul mento. Mi guarda con la bocca un po' aperta, gli occhi spalancati, le rughe sulla fronte nella luce gialla, a pensare che di qui a un mese dovrà dividere il bagno la camera la cucina con degli sconosciuti. Strappo il filo. Sciacquo il collutorio. Sputo sangue alla menta nel lavandino.

Telefono a Bianca, c'è la segreteria telefonica: Lasciare un messaggio. Dico: Bianca, sono Oscar! Ti spiego tutto poi, intanto conosci qualcuno che affitta una stanza? Metto giù, penso a chi altri posso chiedere aiuto, ogni persona che mi viene in mente è seguita da questo pensiero brutto: E se lo va a raccontare a Maria? Allora mi metto a cercare gli annunci su internet. Scrivo: Stanza singola in affitto, apro due tre risultati, scrivo: Stanza singola in affitto economica, apro due risultati, scrivo: Posto in doppia affitto per lavoratori: ci siamo. Mi segno un paio di numeri di telefono, mi metto giù nel mio lettino in un silenzio sospetto, poi sento: *Hai davanti un altro viaggio e una città per cantare!* Penso: Sì vabbè cuore, buonanotte.

Al mattino mi sveglio, guardo il letto mezzo vuoto, l'altro cuscino intatto. C'è questo silenzio che non sono abituato. Allora accendo la televisione, giro i canali, sui soliti non c'è niente. Poi a un certo punto compare un vecchio con un barbone bianco, una scritta rossa sullo schermo: «MAGO CANDIDO IN DIRETTA RISOLVE PROBLE-

MI D'AMORE TRADIMENTI ABBANDONI RICONQUISTE SOLO MAGIA BIANCA CHIAMA ORA!!!». Dai che questo forse è il mio caso, penso, e vado a prendere una penna, scrivo il numero di telefono: zerodieci eccetera. Intanto continuo a guardare, il Mago Candido sta agitando dei bastoncini dorati nell'aria, dice: Antonio, facciamo il rito segreto del ritorno dell'amore, ripeti dopo di me: Aumm! Aumm! Auimbaué! Mi fermo, ascolto, non si sa mai. Dall'altra parte del telefono Antonio dice convinto: Aumm! Aumm! Auimbaué! mentre il Mago Candido guarda in su, gli occhi fissi al cielo, immobile. Poi, silenzio. Passa un minuto, il Mago Candido è ancora lì che guarda in su, Antonio esita, sussurra: Mago, l'ho detto bene? Allora il Mago Candido si scuote, dà una gran manata sul tavolo, urla: Antonio, ma come l'ho detto bene! Tu zitto, devi stare! Agita i bastoncini, urla: Hai rovinato tutto! Tutto, hai rovinato! Antonio rimane zitto un attimo, poi dice: Scusa, Mago Candido! Ti giuro non l'ho fatto apposta! Se vuoi rifaccio! ma si sente che gli viene un po' da piangere. Allora metto giù il foglietto con il numero di telefono, spengo la televisione, penso: Basta, finiamola qui.

Con questo pensiero mi sento meglio, mi alzo di scatto, penso: C'è di buono che a mollare tutto e ricominciare da capo sono capace. Sui traslochi, per esempio, sono fortissimo. E c'è da dire che ai traslochi, essere fortissimi non è facile. Ci vuole la malizia, dicono da queste parti. Che non vuol dire malizia come pensa uno come me, che non è di queste parti, che la prima volta che l'ho sentito ho pensato a una cosa cattiva, anzi. Malizia vuol dire: una certa tecnica. Io ho una malizia per fare i traslochi, se un giorno fanno i giochi olimpici dei traslochi mi dispiace per gli altri partecipanti, ci vado e vinco la medaglia d'oro.

C'è stato un momento nella mia vita, che a fare i traslochi non avevo la malizia. Sono partito, la prima volta, che secondo me si vedeva che non ce l'avevo. Intanto, quando ho saputo che dovevo fare il trasloco, non avevo nemmeno una valigia. Sono andato a comprarla con il mio amico Pedro, che anche lui sui traslochi non era preparatissimo, e si vedeva. Siamo andati a comprare la valigia, abbiamo spiegato la situazione. Deve andare in aereo, ha detto Pedro. L'ha detto con una voce che gli sembrava una cosa grandissima, un po' pericolosa, che ci voleva una valigia buona per l'occasione. In aereo dove? ha detto il commesso. A Berlino in Germania, gli ho risposto. Per quanti giorni va? ha detto il commesso. Per sempre, gli ho risposto. Allora ci ha guardato un po' meglio ha scosso la testa, ha capito che non avevamo la malizia, ci ha dato una valigia blu enorme, costosa, pesantissima. Ha detto: Così sei a posto! Questa è di quelle buone che ti dura tutta la vita! Io e Pedro ci siamo guardati, abbiamo guardato la valigia, l'ho presa in mano, mi ha detto: Va bene? Io non lo sapevo se andava bene o non andava bene, gli ho detto di sì. Mi sono fidato da come mi guardava il commesso da su in giù, aveva una faccia che era contento che ero a posto per tutta la vita. In effetti ce l'ho ancora quella valigia, ci ho fatto anche tutti i traslochi successivi, l'ho usata anche come armadio delle volte. Poi no, a Berlino non ci sono rimasto per tutta la vita. Però quando la guardo penso: Aveva ragione il commesso, si vedeva che aveva la malizia, e io no.

Dicono che i traslochi sono un brutto affare, che sono pericolosi. Fare un trasloco, dicono, è una cosa che ci scappi di testa, tipo lo tsunami e il divorzio e la dieta dimagrante tutti assieme. A me dispiace che i traslochi abbiano questa fama brutta. C'è gente che quando deve fare un trasloco, capace che si fa venire l'esaurimento nervoso. Non l'ho mai capito, di cos'hanno paura. A me invece piacciono, i traslochi. Io traslocare lo consiglio a tutti. Vuoi dimagrire? Fai un trasloco. Vuoi ritrovare qualcosa che l'avevi perso, invece poi salta fuori? Fai un trasloco. Vuoi toglierti dalle balle tutte le conoscenze che non sopporti, per sempre? Fai un trasloco, che stai tranquillo, quando sanno che devi fare un trasloco, smettono di cercarti tutti. C'è della gente che quando non volevo più né vederli né sentirli, quando non li volevo nella mia vita, dopo che le avevo provate tutte, bastava dirci: Ci vediamo dopo il trasloco, che adesso sono un po' preso, mi tocca fare tutto da me. Mi dicevano: Benissimo, se ti serve una mano fammi sapere, e sparivano subito non li vedevi non li sentivi mai più. Spariti per sempre. Funziona tipo parola magica, se vuoi liberarti della gente. Per questo quando alla fine Ennio mi aveva detto: Bravo, fuori dalle balle, adesso sono quasi contento a pensarci, che era un po' troppo tempo che non traslocavo.

Invece Maria anche se era lei che mi aveva lasciato, andar via di casa l'aveva presa malissimo. Alla fine le dispiaceva. Eppure delle volte mi era sembrato che a lei di questa casa non gliene importava niente. Per esempio due anni prima, in tempi non sospetti, era venuto un suo amico a trovarci per la prima volta, si era guardato un po' intorno, aveva visto le pareti che non c'era niente, le finestre senza tende, gli scaffali mezzi vuoti, il divano senza cuscini. Aveva detto: Ma siete appena arrivati, in questa casa? A me era venuto un po' da ridere, erano mesi che ci abitavamo, ma si vedeva che in due non avevamo quasi mosso un dito, non avevamo fatto grandi sforzi per dare un senso al viverci assieme, qua dentro. Invece poi quando se n'era andata, Maria aveva fatto venire giù la fine del mondo. Un sabato mattina aveva quasi finito di fare i cartoni stava per andare via, si era bloccata, mi aveva urlato: Non restare lì a guardarmi! e si era messa a piangere.

Non ti guardo, ho detto, e sono andato nell'altra stanza, ma si sentiva lo stesso che piangeva. Allora sono tornato indietro, mi sono seduto per terra tra gli scatoloni, i sacchettoni di plastica nera, le valigie. Guarda che se non te ne vai più io sono contento, le ho detto. Maria ha tirato su col naso, s'è asciugata gli occhi con la manica. Ma cosa dici? ha detto. Facciamo finta che non è successo niente, e basta. Non lo diciamo a nessuno, le ho risposto. Mi ha guardato, ha scosso la testa. Me ne voglio andare. Lo sai benissimo, ha detto. Ha chiuso il cartone. Non ti amo più, hai capito o no? ha detto, poi ha tagliato di netto lo scotch con la forbice. Non è vero che non mi ami più, le ho risposto. Lo so benissimo, lo sai anche tu, che non è vero. Sì che è vero! ha urlato. Non ti amo più e basta! Ha spinto via il cartone, si è rimessa ad armeggiare con la forbice su un altro, c'era scritto grosso, col pennarello nero: «SCARPE».

Ho guardato il cartone, le ho detto: Te lo ricordi,

quando mi toglievi le scarpe? Ho allungato la mano verso la sua, ma lei l'ha ritirata, l'ha chiusa a pugno sulla forbice. Poi ha fatto di sì con la testa, ha detto: Te le toglievo perché non sei buono a niente, neanche a metterti a letto senza scarpe! Ha tagliato un altro pezzo di scotch, ha chiuso il cartone. Non sei buono a niente, nemmeno a tenerti me! ha detto, e si è messa a singhiozzare con la testa tra le ginocchia. Hai ragione, non sono buono a niente, ho detto, e ho picchiato il pugno sul cartone. Si è sfondato, lei mi ha guardato, ha detto: Bravo. Comunque ho apprezzato il ricordo. Ora vattene però. Allora ero uscito, ero andato alla nostra scuola di ballo dei poveri, era presto non c'era nessuno. Avevo acceso la musica mi ero messo a ballare, provavo i passi da solo davanti allo specchio, poi è arrivato il nostro pezzo, ho sentito: Bum! Ho pensato che non lo avremmo ballato mai più. Ho spento la musica, ho spento la luce, mi sono seduto per terra. Dopo non lo so cos'è successo, quanto tempo è passato, so solo che faceva freddo, sono tornato a casa e basta, te n'eri andata via.

Sento il telefono che squilla, è Bianca, dice: Cos'è questa storia? Buongiorno anche a te, le dico. Niente, non ho più i soldi per l'affitto, tempo un mese son fuori. Tolto questo, tutto bene, sospiro. Bianca non dice niente per un po', la sento che mi ascolta, fa un tiro, espira piano il fumo della prima cannetta della giornata. A sentire Bianca che fuma tranquilla in silenzio mentre racconto le mie disgrazie mi sento già meglio. Sospiro, aggiungo: Tanto me ne volevo andare lo stesso. Anzi, prima me ne vado da questa casa, meglio è. Sprofondo nel divano, sento Bianca che gira il cucchiaino nel caffè avanti e indietro, poi fa: Aspetta. Sentiamo Ivano cosa dice. Ti richiamo. Noooo, Ivano no! grido, ma non faccio in tempo, ha già messo giù. Ivano è un amico di Bianca, forse sono stati anche assieme per un certo periodo, o forse stanno assieme anche adesso, con Bianca non si può mai dire. Ivano lo conosco poco pochissimo, mi basta. È uno che ha mille giri, sorride con moltissimi denti, quando Bianca non c'è tra noi lo chiamiamo l'Amico di tutti che ogni volta che ti vede è tutto uno: Zio, com'è? tutto un toccarti con quelle dita lunghe, tutto un pacche fastidiose sulle spalle e abbracci ingiustificati. Non ho mai capito cosa ci trovi Bianca, che da uno viscido come Ivano dovrebbe starci alla larghissima. Però a pensarci bene era stato Ivano a trovarle casa, a farle avere quell'aggancio al mercato. E poi era sempre lui a procurarle qualche cannetta ogni tanto, credo. Sono nelle mani dell'Amico di tutti, pensa te, mi dico e mi avvio a farmi il caffè, per mettere un po' di ordine dentro la testa. Mi siedo con la tazzina, sul tavolo della cucina vedo il biglietto dell'estratto conto di ieri sera, penso: Anche guadagnarmi qualcosa, sarebbe l'ora.

Mi rimetto a pensare ai lavori che potrei fare, invece del maestro di tango, magari mi viene in mente qualcosa. Sfoglio un giornale, l'ha lasciato Maria sul tavolo, si chiama: «Love Story», sottotitolo: «Storie di vita vissuta». Leggo i titoli in copertina: "Libera Come il Vento", "Tentazioni d'Estate", "Notte di Follia". Ci sono anche la "Posta del Cuore", pagina ventidue, e il "Filo Diretto con l'Oroscopo di Van Wood", pagina trentaquattro. Vado alla "Posta del Cuore", leggo la prima lettera, poi la seconda, poi la terza. Tutte storie che finiscono malissimo. E poi alla gente che scrive danno delle risposte, io non capisco. Tipo: Devi volerti più bene, devi valorizzarti, solo così saprai affrontare questo momento difficile a testa alta! Allora penso che non hanno capito niente, alla "Posta del Cuore" di «Love Story», anche se chissà quanto li pagano per inventarsi certe risposte. Invece potrebbero prendere me, a rispondere alle loro lettere tutte uguali. Che io ho un'arma segreta, il cuore mi detterebbe certe risposte bellissime che a «Love Story» non se le sognano neanche. Cosa ne dici, cuore? Sarebbe un bel lavoro, il risponditore di lettere di «Love Story». E poi modestamente, il fatto che Maria mi ha lasciato così male malissimo è un bel vantaggio. Anche quello, come si dice, fa curriculum in questi casi. Allora quasi quasi gli scrivo una bella lettera di presentazione, a «Love Story». Socchiudo gli occhi. Una lettera di quelle vere, scritta a mano, carta pesante, magari ci metto anche due o tre macchie di lacrime a sporcare l'inchiostro. Qualcosa tipo: Gentili signori di «Love Story», Maria, l'amore della mia vita mi ha mollato per un maestro di salsa merengue e bachata con un orrendo ciuffo anni Ottanta. Se ne sono andati via assieme di punto in bianco e io ho dovuto chiudere la nostra scuola di ballo. Non lo dico perché era la nostra scuola, ma modestamente ne hanno parlato tutti: i nostri corsisti, il padrone della sala, il mio ex padrone di casa eccetera. Inoltre mi hanno sfrattato, devo andarmene di casa tra un mese e non ho idea di dove andrò a finire. E poi, da quando Maria mi ha lasciato, il mio cuore mi batte fortissimo dentro l'orecchio. Ho anche scoperto che conosce un sacco di canzoni d'amore, e che parla persino un po' di spagnolo. Ebbene, ancora nessun giornale né TV locale né sito di cronaca rosa mi ha contattato per fare l'opinionista, o il commentatore, o al limite anche il rispon-ditore delle loro rubriche amorose, ad esempio: la "Posta del Cuore". È la vostra occasione, cosa state aspettando? Voglio pensare che non ve la farete scappare. Saluti, eccetera. Mi passo la rivista tra le mani. Insomma cuore, abbiamo tutte le carte in regola, non ci possono dire di no. Gliela mandiamo a «Love Story» una bella candidatura, o no? Ma il cuore non risponde, se ne sta lì zitto fermo immobile. Forse preferisce che mi trovo qualche altro lavoro.

Intanto per il momento c'è da trovare i cartoni, buttare via le cose, fare le valigie. Trovare i cartoni vado al supermercato di lusso, che Maria ci aveva trovato dei cartoni molto belli, in effetti. Arrivo al supermercato di lusso ma non ci vado mai, non so come girarmi. Vorrei chiedere a uno dei commessi di lusso: Scusi, avete dei cartoni di lusso usati da portar via? ma i commessi mi guardano sospetti da su in giù, mi sa che loro i cartoni non sanno mica cosa sono. I cartoni secondo me non li hanno mai visti, si vede che loro arrivano dopo, quando c'è da lucidare le mele di lusso coi guanti di seta. Comunque mi faccio coraggio, c'è un commesso biondo con l'acne mi sembra meno incattivito, mi osserva un po', sto per aprire bocca, mi dice: I cartoni sono nel parcheggio, vicino ai bidoni dell'immondizia. Ecco.

Esco veloce, vedo il parcheggio, i bidoni, le pile di cartoni. Mi avvicino, faccio per mettere le mani nella pila, sento un colpo di tosse, un fischio: Bella zio! Mettiti in fila! Mi giro, non li avevo visti. Ce ne sono due o tre, in fila. Li guardo, spalanco le mani, dico: Scusate. Il primo ha il cappuccio della felpa schiacciato sulla testa, un cappottone fino ai piedi, la barba lunga. Ha un carrello pieno di coperte, sacchetti, uno zaino, una bottiglia di vino di quelle a fiasco, due o tre cartoni piegati. Si avvicina alla pila, la squadra da su in giù, si vede che è un professionista. In un attimo tira fuori un coltello, sfila due cartoni di quelli spessi, se ne mette uno sotto il braccio, un altro più grande lo piega con cura, lo infila piano nel carrello, tasta lo spessore con le dita secche, annerite. Ha un cane cisposo con due occhi che ringhiano tristi. Mi metto in fila, penso: Ancora un mese, poi se non ti inventi qualcosa ci vieni anche tu qui a fare la fila dei cartoni buoni per dormire per strada. Finita la fila c'è rimasta poca scelta, che i cartoni migliori sono andati via tutti. Allora penso a dove saranno usati, per la strada sotto i portici dentro i portoni, forse non mi dispiace più che i cartoni buoni sono finiti, vanno bene lo stesso anche questi cartoni di seconda scelta, penso.

Vado a casa, lascio i cartoni nel corridoio, cominciamo dal soggiorno. Mi guardo intorno, dico forte: Metodo giapponese! C'era questo libro, tempo fa, di una giapponese che secondo me ha una malizia, se viene ai giochi olimpici dei traslochi devo stare attento. Praticamente ha avuto quest'idea molto semplice: Butta via tutto. È diventata milionaria. Che io l'ho vista, una volta, in televisione. Funzionava così: c'erano queste signore americane sovrappeso che gridavano: *Oh my gosh! Oh my gosh!* Come farò a mettere ordine in questo casino? e si mettevano le mani nei capelli. Allora arrivava lei, e loro dicevano: Marie Kondo! Aiutami tu! Perché si chiama Marie non l'ho capito, che avrà anche un bel nome giapponese, ma lasciamo stare. Arrivava

Marie, diceva: Devi buttare via tutto! Tutto, tutto devi buttare! *Oh my gosh!* rispondeva la cicciona americana. Devo buttare anche questi diari di terza elementare? La mia collezione di videocassette? I vestiti di quando ero magra? *No waaaayy*, e si metteva a piangere. Allora Marie la guardava inflessibile, incrociava le braccia, scuoteva la testa, diceva: Butta via tutto! Che poi starai benissimo, tutto sprizzerà gioia da tutti i pori, perderai anche venti chili! Allora l'americana si convinceva, buttava tutto per terra, Marie la guardava soddisfatta, le diceva: Brava! Adesso devi ringraziare tutta questa *rumenta*, poi via tutto nei sacchettoni! Forse non diceva proprio così, ma comunque la grassa piangeva e accarezzava i diari, le videocassette, i vestiti ci diceva: Grazie! Siete stati meravigliosi, ma ora devo lasciarvi! e giù un altro pianto a dirotto. Così andavano avanti per un po', pianto e sacchettoni, pianto e sacchettoni finché Marie diceva: Brava, adesso via tutto! Allora mettevano tutto nel camioncino e andavano a buttare via nella discarica, che gli americani si vede che da loro i bidoni per strada non li hanno ancora inventati. Arrivavano alla discarica, c'erano degli altri grassi ma questa volta maschi, bianchi, sulla cinquantina, con la barba, i guanti gialli, le guardavano arrivare da lontano si congratulavano, dicevano: *You go girls!* ma avevano delle facce che si capiva che pensavano: Di nuovo queste *abelinate*, mentre si davano il cinque col palmo aperto. Poi prendevano i sacchettoni a uno a uno, li sbattevano giù nell'indifferenziata, il sacchettone faceva un tonfo, loro dicevano: *Yeah!* ma si vedeva che alla grassa le dispiaceva, scoppiava in un altro pianto a dirotto. Poi tornavano a casa che non c'era più niente, la grassa diceva:

Oh my gosh! Marie Kondo, *you are the best!* Guarda come sprizza gioia da tutti i pori il mio armadio vuoto! Poi se dopo perdeva anche i venti chili non lo so, comunque si abbracciavano, Marie scompariva nella porta veloce, andava fuori nel mondo a far buttare le cose a salvare la cicciona seguente. Ci ha fatto i milioni, così.

Io invece, sarà che non sono americano, o non sono abbastanza sovrappeso, niente pianto a dirotto. Una flemma una freddezza una grazia che Marie Kondo sarebbe orgogliosa di me. Giro per il soggiorno, poi cambio stanza, ogni tanto prendo qualcosa che Maria si è dimenticata o forse non le piaceva più. I libri che mi ha regalato e non ho mai letto. Le lettere dell'amministratore. Un soprammobile a forma di gatto cinese con la zampa automatica che fa su e giù, Maria diceva che porta bene, dico: Certo, certo. Metto tutto in un sacchettone e via, in un attimo è pieno. Sono andato avanti così un'oretta, ho riempito tre sacchettoni, sono andato a buttarli nei bidoni, niente camioncino. Quando sono tornato in casa ho guardato gli scaffali vuoti, non sprizzavano neanche un po' di gioia, invece mi veniva un po' da piangere. Forse ho sbagliato qualcosa, ho pensato. Comunque mi sono portato avanti, con i sacchettoni. I cartoni intanto sono lì nell'angolo che aspettano, poi fra un po' toccherà anche a loro. E lo so già, che anche i professionisti dei cartoni giù al parcheggio saranno fieri della mia professionalità, eleganza, efficienza, quando avrò finito. Guarda come ha usato bene tutti gli scatoloni, diranno.

2
Ho guardato l'ora, le undici e mezza

Ho guardato l'ora, le undici e mezza. Proviamo a fare le telefonate ai numeri delle stanze. Faccio il primo numero, squilla, squilla, squilla, segreteria telefonica. Chiamo il secondo, Wind messaggio gratuito servizio di segreteria telefonica. Benissimo, penso, si vede che queste stanze fanno proprio per me. Chiamo il terzo, squilla, squilla, squilla. Risponde una voce che dormiva, dice: Onto. Non so cosa dire, forse non è il momento. Poi sento: Un attimo. Sto lì appeso al telefono, penso: Ora mette giù. Invece poi sento dei rumori, forse una porta, dei passi. Dice: Sì, pronto, ma si sente che non c'è del tutto. Telefonavo per quel posto in doppia solo lavoratori, dico. È ancora libero, risponde, se vieni adesso ci siamo. Ci penso un attimo, dico: Va bene, mi dà l'indirizzo, mi metto le scarpe. Sulla porta penso: Forse ha ragione Bianca, è meglio se aspetto, sentiamo cosa dice Ivano. Poi mi viene in mente Ivano, quelle dita lunghe, le pacche sulle spalle. Prendo la porta, vado.

Cammino veloce, penso: Chissà come va a finire. Mi metto le mani in tasca, in quella di destra c'è un volantino. Lo tiro fuori, lo riconosco, me l'aveva dato una ragazza all'uscita da yoga. Se ne stava lì a sorridere ai passanti, allungava i volantini, e diceva: Ciao, conosci la

Legge di Attrazione? Mi era venuta in mente Maria, anche lei ne parlava di questa Legge di Attrazione, me l'aveva anche spiegata. In pratica funziona così: te pensi fortissimo a tutte le cose che vuoi e loro ti arrivano. Te le manda l'universo, gratis. Diventi una specie di calamita gigante, se avevo capito bene. Allora un po' mi era dispiaciuto che invece lei non attraeva proprio niente e nessuno, con la sua tracolla di tela azzurra piena zeppa di volantini, i capelli castani lunghi alla vita, le scarpe arancioni di corda. Andavano via tutti, veloci. Io invece mi ero fermato, avevo detto: Grazie, ne avevo preso uno. Carta lucida, pesante, di lusso. Sullo sfondo una coppia sorridente, occhi negli occhi, e la fiamma enorme di una candela rossa. Diceva: «CHE COSA STAI ASPETTANDO? L'UNIVERSO TI VUOLE FELICE!». Poi sotto, tutto maiuscolo: «RIACCENDI LA TUA SCINTILLA INTERIORE!». Forse è quello che mi ci vuole, cuore, che ne dici? Ma il cuore non aveva detto niente, si vede che non si fidava. Sei ingiusto, cuore, magari è proprio adatto a me invece, e avevo continuato a leggere. «NUOVO CORSO UFFICIALE, SEI INCONTRI MENSILI». Ufficiale in che senso, avevo pensato. E poi anche: Sei mesi, ce ne vuole a riaccendere la scintilla. Però ero andato avanti lo stesso. «ISCRIVITI OGGI PER L'OFFERTA SPECIALE: ANALISI DEI MECCANISMI SABOTANTI GRATUITA!». Cuore, dici che ci serve quest'offerta dei meccanismi sabotanti, o no? Ma il cuore se ne stava sempre zitto fermo immobile, non ne voleva proprio sapere. Invece io ci avevo pensato tutto il giorno, all'universo che mi voleva felice, e alla sera gli avevo mandato un'email, agli attraenti. Mi avevano risposto subito immediatamente, erano contentissimi, se mi iscrivevo mi facevano anche un super sconto. Prima lezione gratis senza impegno e il libro del corso incluso nel prezzo. Titolo: *Chiedilo all'Universo: La Legge di Attrazione Presa Sul Serio.* Totale: quattrocentocinquanta euro. L'avevo dovuto rileggere due volte, quattrocentocinquanta euro. Poi clic, clic, clic, avevo cestinato l'email. Cuore, mi sa che per riaccendere la scintilla interiore ci tocca trovare qualche altro modo, avevo pensato. Peccato.

Arrivo a destinazione, è un palazzino stretto, giallo, in fondo in fondo a un vicolo. Cerco il nome, citofono, spiego: Posto in doppia, ci siamo sentiti poco fa. Il citofono dice: Quinto piano, sul pianerottolo a sinistra. Per le scale c'è caldo, puzza di sudore, buchi di sigarette sulle pareti coperte di vernice opaca, gialla. Mi aggiusto il colletto della camicia davanti alla porta, sorrido, mi passo la lingua in bocca, spero di non avere niente tra i denti. Mi riavvio i capelli, me ne ricordavo di più sotto le dita. Sento questo buco nello stomaco che brucia, si espande, sa di amaro e pizzica dentro la gola. Suono il campanello, mi apre uno alto, magro, ha su una felpa nera, i pantaloni della tuta. Ai piedi ciabatte da piscina e calze di spugna. Si gratta il pizzetto. Mi sorride con un sorriso lontano, gli occhi piccoli. Dice: Ciao, entra. Allunga il braccio verso l'interno, fa un cenno con la mano come a dire: Accomodati. Dentro c'è puzza di fumo. Lo seguo nel corridoio, è buio ma non accende la luce. Forse dormono tutti, penso, poi guardo l'ora. È passato mezzogiorno. Si ferma davanti alla porta a vetri di una camera, dice: Vieni. Carlos è fuori ma possiamo entrare. Ha un accento straniero, però familiare, brasiliano forse. Apre la porta, accende la luce. Appaiono le pareti galline, una finestra aperta senza tende, la serranda abbassata a metà. C'è puzza di fumo anche qui. Ci mettiamo nel mezzo della stanza, ma stiamo stretti, in due. Alle pareti non c'è niente. Sui due lati i lettini gemelli, bianchi, uno disfatto, l'altro vuoto, col materasso a vista, senza lenzuola. Da sotto il letto disfatto spuntano una valigia, un paio di scarpe, il filo di un caricatore del telefono, uno scatolone. Penso un attimo a Maria, ma mi passa subito. L'armadio è un bastone appoggiato a due aste. Appese due stampelle vuote, un paio di jeans, un maglione girocollo, solitario. C'è anche un armadietto di ferro alto, a colonna, uguale identico a quello dello spogliatoio nella scuola di ballo. Ha due cassetti quadrati, stretti, profondi. Uno è chiuso con un lucchetto pesante, si vede che Carlos non si fida. Quello che mi ha aperto tira fuori dalla tasca un foglio, una penna, dice: Come hai detto che ti chiami? Oscar, gli dico. Cerca nella lista, ci saranno almeno una decina di nomi. Tira una riga sul mio nome, mi guarda, dice: Scusa, è che vengono a vederla in tanti, un posto in doppia così va via subito. Mi guardo intorno, penso: Figurati gli altri posti, allora. Invece dico: Certo, certo, per forza. Se ti interessa sono duecentocinquanta euro al mese tutto incluso, dice. Vieni che ci facciamo un caffè, e ciabatta piano verso la cucina.

Lo seguo in cucina, penso: Via, via di qui, veloce. Gli dico: Sei gentilissimo, ma devo scappare. Sei sicuro? mi chiede, e armeggia con una moka da due. Eh sì, gli rispondo, mi dispiace. Stai vedendo tante stanze? Tantissime, dico, spalanco le braccia, non hai l'idea. Si accende una sigaretta, sbuffa piano fuori dalla finestra. E prenditelo un caffè, no? Tutti di fretta andate, dove dovete andare poi, dice.

Sento una porta che si apre, dei passi da dietro. Entra questa ragazza minuscola, bionda, sbadiglia: Ciao Luis, buongiorno. Mi guarda, dice: E tu chi sei? La guardo, non dico niente. Ha i capelli scompigliati, la testa inclinata su un lato, un po' di trucco disfatto. Ai piedi due ciabatte enormi, ortopediche, bianche. Luis dice: È venuto a vedere la stanza. Lei non mi guarda, dice: Anch'io caffè, Luis, grazie. Si siede, si abbraccia le ginocchia al petto, fissa Luis, dice: Ho fatto un turno stanotte, non hai idea. Fino alle sei a cambiare pannoloni. Luis sbuffa il fumo fuori dalla finestra, dice: Povera stella e scuote la testa, guarda dall'altra parte. Lei si aggiusta i capelli, prende una sigaretta dal pacchetto sul tavolo, finalmente mi guarda, fa un cenno come a dire: Posso? Io dico: Vai, vai, anzi, io starei uscendo. Tira fuori dal pacchetto un accendino, si accende la sigaretta e continua a fissarmi. Su un sopracciglio ha una piccola cicatrice, al naso un brillantino, e sotto due labbra a cuore. E siediti, no? mi fa. Spinge una sedia verso di me. Bum bum! Il cuore rimbomba nell'orecchio, si agita, sento: *Oscar, devi dire: Voglio una vita che non è mai tardi!* Invece inspiro, tossisco, non dico niente. Stringo le mani sudate sulla sedia. Guardo giù verso il tavolo, la tovaglia di plastica cinese. C'è un disegno di fiori, frutta, parole colorate svolazzanti: «PRIMAVERA». «MARE». «ESTATE. «CIGLIEGIE». Così, con la G. Mi viene un po' da ridere, dico: Vabbè, prendo il caffè e scappo.

Mi siedo, lei mi guarda dice: Che lavoro di merda. Sbuffa fumo da un lato, guarda Luis. Gliel'avevo detto, alla caposala, dice. Non glieli dovete dare i fagioli ai vecchi, la sera, che poi faccio la nottata a cambiare i pannoloni. Ma tanto lei se ne frega, quella stronza! Sbuffa il fumo verso di me, dice: Come ti chiameresti, te? Oscar, rispondo. E tu? Erika. Piacere, e guarda dall'altra parte. Sbuffa fumo in alto, tossisce. Luis mette tre tazzine diverse tra loro sul tavolo, lo zucchero. Tiè, dice, che ti addolcisci un po'... e sorride. Erika non sorride, mette il caffè nelle tazzine, ne allunga una verso di me. Dalla manica lunga, sfilacciata quasi fino alle nocche, le esce una mano sottile. Sospira, beve un sorso di caffè, dal polso sbuca la scritta sbiadita di un tatuaggio. Allora mi esce questa voce coraggiosa non so da dove, chiedo: Cosa c'è scritto? e faccio un cenno con la mano verso il polso. Lei si ferma, mette giù la tazzina, la spinge con la mano un po' più in là. Appoggia il gomito sul tavolo, si avvolge piano la manica, gira il polso verso di me. Leggo in una calligrafia ondulata, minuta: «...e sorridere dei guai», e a fianco un cuore piccolo, rosso. Bum bum! *Oscar, devi dire: Proprio come non hai fatto mai!* Invece guardo la tovaglia, ho la gola secca, non dico niente. Storia lunga, dice. Abbassa gli occhi, sospira. Ti serve il bagno? dice rivolta verso Luis, ma poi non aspetta la risposta. Vado a farmi la doccia, ciao, per la prima volta mi sorride con le sue labbra minuscole. Le escono due fossette da bambina, un sorriso sottile. Si tira su dalla sedia, stira le braccia verso l'alto, ma è sempre piccolissima. Guarda che oggi faccio il pomeriggio, dice Luis, fra poco esco. Erika non dice niente, esce nel corridoio, sento una porta che si apre, poi la chiave nella serratura fa tlac tlac tlac.

Non lo vuoi lo zucchero? dice Luis. No, rispondo, grazie, lo prendo amaro. Contento te, dice lui, e mette due cucchiaini nella sua tazzina. Gira piano il cucchiaino avanti e indietro, dice: Latte? Ci vuoi del latte? insiste. Grazie Luis, sei gentilissimo, lo prendo nero, dico. Scuote la testa, dice: Niente zucchero, niente latte. Come fate a stare al mondo, e manda giù il caffè tutto d'un sorso. Poi prende la tazzina di Erika, prende la sua, si alza, le mette nel lavandino. Le pulizie le facciamo a turni, una volta alla settimana, i piatti invece ognuno per sé, dice, e fa scorrere a filo l'acqua del rubinetto. Che lavoro fai? chiede, e guarda fuori dalla finestra. Penso alla scuola di ballo, a Maria, al Ciuffo. Di nuovo il buco nero dentro lo stomaco. Il maestro di tango, dico, e mi viene un po' d'ansia, pensare che dovrò dire una bugia ogni volta, tutte le stanze che devo vedere. Poi penso che non è proprio una bugia intera, è una bugia a metà, che a dirla tutta sarebbe: Faccio il maestro di tango disoccupato. Ma è lunga da spiegare, e Luis ha già chiuso l'acqua, sciacquato le tazzine, le ha girate ad asciugare nello scolapiatti. Mi guarda, sospira: Beato te. Io faccio il cassiere alla Coop. Come mai cerchi casa? e incrocia le braccia, si gira verso di me, appoggia la schiena al lavandino. Non so cosa dire, che le bugie non sono preparato, non sono capace. Bum bum bum! *Oscar, digli: Santi che pagano il mio pranzo non ce n'è!* Mi scuoto, dico: Eh… il padrone di casa… Non ce la faccio. Mi fermo. Tossisco una volta, due volte. Guardo la tovaglia cinese. Luis mi guarda, socchiude gli occhi, alza un sopracciglio. Non ho mai capito come fanno, c'è gente che riesce ad alzare un sopracciglio solo alla volta. Ci ho provato degli anni, non ci sono mai riuscito. Mi vengono su tutti e due, o niente. Sarà una cosa genetica, credo. Per fortuna non insiste, si vede che gli faccio pena con i miei borbottii, la mia tosse triste. Si asciuga le mani sui pantaloni, si tira su dal lavandino, dice: Be', facci sapere se ti interessa, noi al massimo entro domani decidiamo, e guarda il corridoio. Sì sì, mi interessa, gli dico, poi mi alzo, rimetto la sedia a posto sotto il tavolo, fatemi sapere. Luis sorride, mi accompagna alla porta, dice: Non lo fa mai nessuno, mettere la sedia a posto, sei il primo. Ciao, ci sentiamo, e mi apre la porta. Se ne sta lì con la porta aperta, non so cosa rispondere a questa cosa gentile. Anche il cuore sta zitto, lo ha preso un po' alla sprovvista, si agita appena un po' dentro l'orecchio. Allora mi esce questa voce allegra non so da dove, senza motivo: Animo! dico, prendo le scale un po' di corsa, mi sento addosso lo sguardo di Luis che mi segue giù per le scale.

Guardo gli scalini, penso: Vabbè, duecentocinquanta euro, se risparmio sul mangiare ci sto. Qualche volta potrei saltare la cena, per esempio. Poi mi viene in mente Erika in cucina che fuma e si abbraccia le ginocchia, penso: No, la cena ci vuole. Potrei andare solo in bicicletta, risparmio il biglietto dell'autobus, mi fa anche bene. Metti due euro e venti al giorno di autobus, se lo prendo tre volte al giorno anche di più, ci vuole l'abbonamento. L'abbonamento sono quarantaquattro euro al mese. Non lo devo più comprare, ecco fatto i soldi della spesa per la cena. Bravissimo. A Maria invece prendere la bicicletta non piaceva. È rischioso, diceva, mi mettono sotto, e poi fa freddo. Andavamo sempre in autobus, con Maria. Ore e ore di attesa sotto la pensilina, il nostro autobus che non arrivava mai. Io dicevo: Fa freddo uguale aspettare il bus, potevamo prendere la bici. Lei diceva: Almeno non ci mettono sotto. Non ti mettono sotto, dicevo io, basta che guardi dove vai. Ma mi stanco, fa freddo, diceva Maria, e mi guardava con quegli occhi grandi, neri, quelle ciglia lunghe, e infilava le dita della mano tra il mio collo e la sciarpa all'improvviso, così per scherzo. Senti che freddo? diceva, e rideva. Aveva sempre le mani fredde freddissime, estate e inverno, chissà perché. Allora io facevo finta di arrabbiarmi, le prendevo la mano, la stringevo fortissimo con le mie, dicevo: Senti caldo, così? lei diceva: Basta, basta, mi fai male! e si divincolava, cercava di ritirare la mano. Allora gliela stringevo fortissimo lei rideva, diceva: Mi fai male! Mollami! ma si capiva che scherzavamo.

A me invece piace, la bicicletta. C'è da dire che vado piano, un ciclista modello. Mi fermo al rosso, faccio passare, non salgo sui marciapiedi. I primi tempi, che ero nuovo in questa città, avevo saputo di un raduno di ciclisti mi era sembrata una cosa simpatica, non conoscevo nessuno. Ero andato con la mia biciclettina all'appuntamento in piazza De Ferraris. C'era un freddo, sono arrivato mi sono messo lì ad aspettare con un piede giù, a cavallo della bicicletta, mi guardavo attorno. A un certo punto vedo due o tre ciclisti che fanno dei cerchi lenti, si vede che si conoscono, si fanno dei segni con le mani da lontano, poi rallentano, arrivano alla fontana grande dove c'è l'appuntamento. Si avvicina uno, mi fa: Massa Critica? Solo che io non ho capito, non sapevo cosa dire, se ero o non ero Massa Critica, l'ho guardato un attimo, aveva degli occhiali grandi, blu, allungati, di quelli da ciclisti veri da corsa, una bicicletta tutta coperta di adesivi. Allora mi ha guardato sospetto, si vede che non sapevo la parola chiave non sapevo niente, mi ha smollato questo mazzetto di volantini, mi ha detto: Tieni, dalli mentre andiamo. Ho preso questi volantini, erano delle strisce sottili, lunghe, c'era scritto: «CRITICAL MASS», e poi più sotto, «NOI NON BLOCCHIAMO IL TRAFFICO. NOI SIAMO IL TRAFFICO», e il disegno di una mano stilizzata stretta a pugno tra due ruote di bicicletta, uno di quei pugni di protesta. Allora ho iniziato un po' a capire, forse, nel frattempo sono arrivati una dozzina di ciclisti, tutti sorridevano molto, uno aveva un amplificatore grandissimo appeso alla canna della bicicletta che mandava fuori una musica altissima, tipo balcanica. Alcuni si davano delle pacche sulle spalle tra loro. A un certo punto il ciclista amichevole dell'inizio ha detto: All'attacco! ed è scattato in avanti. Tutti hanno iniziato ad andargli dietro, allora piano piano sono andato anch'io, pensavo di mettermi in coda tranquillo, vedere come si evolveva la situazione. Invece no, si avvicina quello con la cassa balcanica mi dice: Tutti assieme! Si sta tutti assieme! e mi fa un gesto veloce con la mano come a dire: Insieme, a tempo. Allora cerco di allinearmi, tenere il passo, il gruppo è diventato due linee spedite e continue, saremo una dozzina di biciclette su due file e prendiamo tutta una corsia, quasi due. Le macchine dietro cominciano a strombazzare, che non riescono a sorpassarci da quanti siamo, da quanto spazio prendiamo. Guardo quelli di fianco a me, a destra e a sinistra ora ci sono tre quattro ciclisti, sembrano contenti che gli automobilisti dietro ci urlano: Allora, ci spostiamo? Via! Fate passare! Mi viene un po' di paura ma loro non fanno una piega, si vede che sono abituati, sorridono. Ogni tanto quelli ai margini delle file si sporgono sulla bicicletta sorridono ai passanti, danno un volantino, dicono: Massa Critica! e poi accelerano di nuovo. Mi sto quasi divertendo, a bloccare il traffico suonare il campanello della bici farmi insultare dagli automobilisti distribuire un volantino ogni tanto, voglio proprio vedere come va a finire. Davanti alla fila c'è il ciclista dell'inizio, si vede che è un po' l'organizzatore, ogni tanto picchia il pugno in aria, lancia il coro: Ri-spet-tiamo e tutti rispondono: Solo-i-pedoooni! e quando arriviamo alle strisce pedonali ci fermiamo li lasciamo passare. Ogni tanto un motorino cerca di infilarsi nelle nostre file, ma non ci riesce, che nel frattempo siamo diventati tanti, mi guardo attorno, saremo venti, trenta. È arrivato anche uno che va in equilibrio su una ruota sola, un altro va su un triciclo gigante con una specie di parasole bianco coperto di campanelli dorati che fanno din! din! a ogni buca sulla strada. Ogni tanto fa partire il coro come allo stadio: Solo-ca, solo-ca, solo-ca-loriiie, e tutti rispondono: Nooooi bru-cia-mo solo ca-lo-riiie! È una banda di matti, penso, ma non è male, allora mi allungo do qualche altro volantino, sorrido ai pedoni che guardano noi, guardano la coda di macchine strombazzanti dietro di noi. Alcuni ridono, altri prendono il volantino, lo leggono un attimo poi scuotono la testa, lo appallottolano, buttano per terra. Altri dicono: Ma è un festival? A me dispiace che non hanno capito questa festa dei ciclisti che si riprendono la strada. Invece adesso mi sto proprio divertendo, sorrido, suono il campanello: Drin! drin! A un certo punto sono rimasto un attimo indietro, sento delle sirene, rallentiamo tutti, ci fermiamo. Cos'è successo? chiedo a quello col triciclo, ma lui non mi guarda, si sporge in avanti, neanche lui ha capito perché ci siamo fermati. Sento i ciclisti davanti che urlano: Buuuh! Buuuh!, tutti scampanellano. Le macchine dietro di noi si fermano, da dentro abbassano i finestrini, agitano i pugni nell'aria, urlano: Allora! Mi accorgo che in cima al nostro gruppo ci sono due luci blu, lampeggianti. Due volanti si sono messe di traverso, non ci fanno passare. Dalle volanti scendono questi tre o quattro agenti, poveretti si vede che non sanno bene cosa fare, prendersi i fischi gli insulti dei ciclisti che vogliono andare avanti e degli automobilisti che ci vogliono mettere sotto. Ci urlano: Circolare! Circolare! con la bocca larga, gli occhi spalancati. Agitano le palette rosse con le braccia su e giù nelle divise rigide, cercano di farsi spazio tra le biciclette, ma alcuni di noi nel frattempo si sono seduti, fermi immobili a gambe incrociate, tengono una mano sulla bici a terra, vogliono dire: Non ce ne andiamo. Guardo le volanti, le divise, le braccia che si divincolano tenute dietro le schiene, sento qualcosa che mi sale dentro la gola, pensare che era una bella cosa andare in giro in bicicletta allegri e senza paura, senza l'ansia delle macchine dei motorini che tentano di farti fuori in continuazione. Penso: Perché deve sempre andare a finire così. Nel frattempo tre o quattro ciclisti di quelli che resistevano seduti per terra adesso sono in piedi faccia al muro, tirano fuori i documenti. Vorrei andare dall'agente che li perquisisce, dirgli: Ma perché? Non stiamo facendo male a nessuno, poi penso cosa direbbe Maria, se le racconto che sono uscito a fare un giro in bicicletta per farmi degli amici e sono finito in galera, meglio di no. Mi rimetto in sella, ho la gola secca, dico: Io vado, mi dispiace, a quello col triciclo. Lui mi guarda, scuote la testa, poi si siede per terra a gambe incrociate, guarda dall'altra parte, ma si vede che ci è rimasto male che ce ne stiamo andando quasi tutti. Non ci sono più andato poi, alla Massa Critica, mi sentivo un traditore che li avevo lasciati così, solo perché era arrivata la polizia. Invece Maria era contenta che non c'ero più andato, aveva detto: Quei pazzi, quei delinquenti, quegli avanzi di galera, quando le avevo raccontato cos'era successo. Alla fine aveva scosso la testa, aveva allungato le mani in avanti, aveva detto: Te fai come vuoi, ma secondo me meglio che non ci vai più, e aveva fatto una faccia che si capiva che non mi dovevo azzardare mai più. Infatti non c'ero più andato, addio Massa Critica.

Allora adesso forse ci torno alla Massa Critica, penso e sono quasi contento che non dovrò più vergognarmi che vado a fare dei giri in bicicletta con dei pazzi dei delinquenti degli avanzi di galera. Finisco questo pensiero arriva il bus, salgo, è pieno pienissimo di infelici che si stringono nelle spalle si guardano i piedi, guardano per terra con gli occhi stretti le cuffie sulle orecchie. Tiro fuori dallo zaino il mio libro cerco di concentrarmi tantissimo, anche se sono in piedi schiacciato contro il finestrino. Sto leggendo questo libro fatto di lettere di un poeta spagnolo, molto bello. Leggo due paginette, piego l'angolo di una dove dice che lui voleva arrivare a essere una poesia, non un poeta. Penso a quando ballavamo con Maria, eravamo così, un solo *vaivén*, e non due che ballano. Metto via il libro, mi fa male lo stomaco. Arrivo a casa, tiro fuori il telefono, chiamata persa, è Bianca, si vede che sul bus non l'ho sentita.

Penso: Vedi a fare gli splendidi, vedi a non mettere le cuffie a leggersi i libri dei poeti spagnoli sul bus che poi non senti il telefono, vedi cosa succede. La richiamo, squilla, squilla, squilla, Wind messaggio gratuito servizio di segreteria telefonica. Le mando un messaggio, scrivo: Quindi? Inizio a rimettermi dietro ai cartoni, mi richiama Bianca. Ha detto Ivano che conosce uno che ha una stanza, dice di andare a vederla domani mattina, non farmi fare brutta figura, dice. Va bene, dico, mi detta l'indirizzo, mentre scrivo penso: No, no, no, no, invece dico: Ringrazia Ivano da parte mia, è stato gentilissimo. Bianca dice: Davvero, con una voce che vuol dire: Guarda il bene che ti vuole, e tu invece non gli vuoi per niente bene, all'Amico di tutti. Aggiunge: Fammi sapere com'è andata, e mette giù. Sento di nuovo quel buco dentro lo stomaco, poi guardo l'ora, sarebbe anche l'ora di mangiare, dice lo stomaco. Apro il frigorifero, dentro c'è una scatola di antibiotici che li prendeva Maria una volta che non era stata tanto bene, due carote, uno yogurt solo solissimo di una marca che le piaceva. Sull'etichetta dello yogurt c'è scritto in bianco su verde, grande: «ZERO PER CENTO ZUCCHERI! ZERO PER CENTO GRASSI!». Penso: Forse ha ragione Luis, come facciamo a stare al mondo con zero per cento zuccheri. Guardo la data di scadenza, penso: Butta via tutto. Poi sento nello stomaco un dolore inequivocabile, allora cambio idea, penso: Proviamo. Mi metto a mangiare il mio yogurt scaduto zero per cento al gusto di zero per cento, non è male. Pelo le carote, mangio anche quelle, dico: Stomaco, per un po' stai buono, e mi metto a dormire cinque minuti sul divano. Poggio la testa sulla spalliera, penso un minuto alle labbra a cuore, sento bum bum! Dico: Cuore, lasciami perdere, sono stanco stanchissimo, non lo vedi? Invece lo sento che si agita, picchia nell'orecchio, dice: *La bambina è come un fiore che gli stringe forte il cuore!* Non è così cuore, non è come dici tu, penso. Invece lo so che è vero, che ci ho pensato un pochino a Erika da quando sono venuto via, che mi ha lasciato questo movimento sospetto nella pancia, neanche le carote lo yogurt scaduto zero per cento l'hanno riempito. Mi stendo, passano cinque minuti, il cuore continua a picchiare, si vede che non l'ho convinto, dice: *La spada è nel cuore e ci resterà!* Allora un po' mi dispiace: Cuore, sei messo male, che a trafiggerti basta poco. Poi il silenzio, mi addormento.

Mi sveglio che fuori è quasi buio, guardo l'ora, ho dormito tantissimo, non so perché. Mi dà fastidio dormire tantissimo senza motivo, svegliarmi con la testa pesante, le palpebre appiccicate agli occhi, la bocca secca. Tossisco, forse avrò iniziato a russare, penso, e mi vengono in mente gli esercizi di respirazione, dovrei tornare alle lezioni di yoga. Guardo l'orologio, forse faccio ancora in tempo, ad andare a quella serale. Poi penso: Ho di nuovo fame, non c'è verso, devo fare la spesa. C'è ancora sul tavolo l'estratto conto dell'altra sera, lo guardo, penso: Bisognerà pur mangiare, prendo lo zaino, vado al supermercato.

Al supermercato dove vado sempre ci sono gli scaffali con sopra le cose direttamente dentro gli scatoloni aperti a metà, non le mettono a posto bene come nel supermercato di lusso. Non c'è la musica, non ci sono commessi, di quei pochi che conosco ogni tanto ne passa uno veloce, di sfuggita, con lo sguardo fisso per terra, vuol dire: Non mi parlate, non ci sono, non lo so. Funziona benissimo questo metodo, che credo di non aver mai chiesto un'informazione in questo supermercato, in effetti. Ci sono le luci bianche al neon basse, fortissime, le pareti bianche. Però c'è di buono che costa poco, penso, sono quasi contento quando afferro il cestino. Inizio a fare il giro, ho sempre più fame, metto dentro: sei uova, un litro di latte fresco, due petti di tacchino, un litro d'olio di oliva extravergine, due etti e mezzo di prosciutto nella vaschetta richiudibile salvafreschezza, una baguette, un sacchettone di biscotti di quelli buoni, per la colazione, tre cipolle, cinque patate, due pacchi di spaghetti, un barattolone di yogurt grande, speciale, con la frutta dentro che mi piace. Maria non voleva mai comprarlo che non era zero per cento. Ne prendo due. Sono contento, mi dirigo veloce verso le casse, penso: Intanto cominciamo a mangiare per bene, poi si vedrà. Comincio a mettere la spesa sul rullo, il cassiere mi guarda, sorride, dice: Ciao Oscar, come va, è un po' che non ci vediamo, e inizia a passare le mie cose una dopo l'altra sullo scanner: Tin! tin! tin! Rispondo: Tutto bene, e a ogni tin! penso al biglietto dell'estratto conto sul tavolo della cucina. Mi sudano le mani. Siamo arrivati alla baguette, guardo il display della cassa, leggo la cifra, penso: No. Tossisco, sento le guance calde, mi gira la testa. Faccio un cenno veloce con la mano al cassiere, come a dire: Fermo, aspetta un attimo. Rimetto tutto a caso nel cestino, il cassiere mi guarda un minuto, guarda il display della cassa, non dice niente. Guardo per terra, tossisco di nuovo, sussurro: Torno subito, vada pure avanti, a quello dietro di me. Rifaccio tutto il giro, rimetto a posto il latte fresco, prendo quello a lunga conservazione. Poi continuo il giro al contrario, rimetto al loro posto le cose di lusso, una alla volta. Una caccia al tesoro alla rovescia, penso. Prendo una bottiglia di olio di semi, mi convinco che tanto è buono lo stesso. Rimetto a posto anche metà degli spaghetti, penso: Le patate bollite fanno anche da pane, lo diceva sempre Maria. Faccio ancora un giro, poi mollo anche lo yogurt buono e ne prendo uno bianco, senza niente dentro. Rifaccio la coda, arriva il mio turno. Le mie cinque patate le mie sei uova il mio yogurt bianco senza niente dentro metà degli spaghetti fanno tin! tin! tin! quando passano sopra lo scanner. Il cassiere guarda un attimo la mia spesa dei poveri in fondo al rullo, sorride a labbra strette. Guardo per terra, sento il cuore che si agita, fa bum bum picchia nell'orecchio, dice: *Non ragioniam di lor, ma guarda e passa!* Hai ragione cuore, anche se non possiamo permetterci lo yogurt buono con la frutta dentro, anche se il cassiere sorride che sono messo male, noi andiamo avanti a mettere questa spesa miserrima nello zaino che adesso mi sembra enorme. Penso: Però stasera intanto ci mangiamo una patata bollita buonissima cinquanta grammi di pasta e l'uovo sodo, posso metterci tutto il sale e l'olio di semi che voglio non è male. In un attimo sono a casa, metto su l'acqua a bollire, mangio patata uovo spaghetti olio di semi sale, mi fa male la pancia, vado a dormire.

Il mattino dopo mi sveglia il suono di un messaggio, è Bianca, dice: Vuoi che ci andiamo assieme a vedere la stanza dell'amico di Ivano? Si vede che ha paura che non ci vado, che le faccio fare una brutta figura. Le rispondo: Va bene, ci vediamo lì tra un'ora, un'ora e mezza, guardo l'ora, faccio in tempo a lavarmi, fare colazione, andarci in bicicletta. Lavarmi è un affare di doccia veloce. Come i gatti! diceva Maria, quando mi guardava uscire dal bagno, scuoteva la testa, faceva una faccia che non era convinta. Invece a me piace fare la doccia veloce, penso a Buenos Aires, quando non c'era la pressione nei tubi dell'acqua nella mia vecchia casa, ci facevamo la doccia in un minuto, con il secchio.

Apro il rubinetto della doccia, l'acqua mi bagna la testa, le spalle, scivola giù per la schiena. Socchiudo gli occhi. È buio, sono a Buenos Aires, bagnato dalla testa ai piedi, senza fiato. Qualcuno aveva urlato da una finestra: Basta! Sono le tre del mattino! Chiamo la polizia! poi, di colpo, mi erano piovute addosso due secchiate d'acqua ghiacciata. Maria è tutta bagnata anche lei, guarda in su nel buio, a bocca aperta. Secondo me non lo sa che qui a San Telmo ogni tanto capita di prendersi una secchiata d'acqua in testa. Di solito è qualcuno che non ne può più del caldo che ti soffoca, non ti fa dormire, del casino di una milonga improvvisata per strada, con le fisarmoniche stonate, i ragazzi che bevono, ridono forte, strisciano i tacchi sull'asfalto fino a tardi. Ho conosciuto Maria una sera che faceva troppo caldo per starsene chiusi in casa. Era bellissima, con la sua gonna rossa, i capelli scuri sulle spalle scoperte. L'hanno guardata tutti, quando è arrivata con una sua amica, e subito qualcuno l'ha invitata a ballare. Era più brava di me, si vedeva dai suoi passi sicuri, leggeri, veloci nel buio. Ho detto piano al mio amico Pedro: Figurati se una così vuole ballare con me. E invece mi ha detto di sì, e poi due ore di passi stretti e sudati, e la doccia a sorpresa. Maria tremava, le spalle gelate. Mi ha fissato con gli occhi spalancati, poi è scoppiata a ridere, una risata allegra e squillante che spaccava il buio. Allora ero scoppiato a ridere anch'io, l'avevo abbracciata forte, avevo pensato: E adesso non ti mollo più. Stringo un pugno sul rubinetto. L'acqua rallenta, si ferma, gorgoglia giù nello scarico. Penso: Basta, basta così.

Per colazione mando giù un cucchiaio di yogurt bianco senza niente dentro, un caffè nero senza zucchero senza latte. Mi vengono in mente Luis, Erika, non mi hanno fatto ancora sapere niente, chissà. Esco sul pianerottolo, chiamo l'ascensore. Sento tlac tlac tlac chiavi che chiudono una serratura, puzza di sigaro. Da dietro le spalle sbuca il mio vicino di casa, era tanto che non lo vedevo. Lo guardo, gli dico: Buongiorno Giovanni, come andiamo. Giovanni deve avere cento anni, era già anziano quando ci siamo trasferiti in questo palazzo, anni fa. Allarga le braccia piano, dice: Non c'è male, tolto quelli là, con la punta del bastone indica la porta degli altri vicini.

Ci sono tre appartamenti su questo pianerottolo. A sinistra io, in mezzo Giovanni, a destra una coppia nuova, sono arrivati cinque o sei mesi fa. Da allora è finita la pace, per Giovanni. Mi ha spiegato che hanno un balcone in comune, diviso a metà da una barriera di plexiglas. Dice che hanno delle abitudini particolari, questi vicini. Che tutte le mattine devono fare il saluto al sole. Cominciano con un suono di gong sul balcone verso le sei del mattino in inverno, verso le cinque in estate, poi vanno avanti con degli esercizi molto complessi, credo di respirazione da come me l'ha spiegata Giovanni, che li guarda di sguincio dalla barriera tapparsi prima una narice, poi l'altra, poi spalancano la bocca. Giovanni gli ha intimato che questo saluto lo facciano in un altro modo, possibilmente senza rompere le balle alle sei del mattino. Che lui la notte dorme pochissimo, al mattino si sveglia prestissimo esce sul balcone in mutande canottiera e ciabatte estate e inverno, si accende il toscano e sta lì a impestare l'aria anche mezz'ora. Il toscano puzza moltissimo, si sente da lontano questa puzza appiccicosa di tabacco forte. Loro gli han detto di no, che la respirazione fa vibrare le cellule, che senza gong senza respirazione all'alba poi non vibrano bene per tutta la giornata. Anzi, che deve smetterla di fumare il toscano sul balcone proprio a quell'ora, che gli impesta l'aria gli fa vibrare le cellule tutte storte. Allora Giovanni, che il toscano al mattino sul balcone lo fuma da cinquant'anni, si vede che lui le vibrazioni positive non lo convincono. A Giovanni, che ha fatto il falegname in segheria tutta la vita, gli è venuta un'idea. Una notte si è sporto sopra la barriera nella loro metà del balcone, con un seghetto ha tagliato le corde del gong, zac zac zac, il gong si è staccato, è caduto, ha fatto un rimbombo pauroso che persino Maria quella notte si era svegliata, si è spaccato a metà. Giovanni ha fatto finta di niente, alla riunione di condominio quando è venuta fuori questa cosa ci siamo girati tutti a guardarlo, lui aveva detto: *Mi nun so ninte*, aveva fatto un sorrisetto e da lì era rimasto zitto tutto il tempo, si capiva che era stato lui. Però io lo sapevo già, me l'aveva raccontato Maria, che gliel'aveva detto Giovanni, in confidenza. Da allora è un continuo. Loro hanno comprato un gong nuovo, più grande, vanno avanti a tutto spiano con questo ultimo modello indonesiano tempestato di cristalli, fa ancora più casino di quello di prima. Giovanni non molla, gli manomette la cassetta della posta, gli sposta lo zerbino davanti alla porta, gli chiude la porta dell'ascensore in faccia se per caso li incontra.

Stamattina però è di buon umore, mi dice: *Ti voe e mele? Che a Maria e piaxen*, 'Le vuoi le mele? Che a Maria le piacciono'. Giovanni ha un piccolo orto, ci va tutti i giorni, poi però non sa a chi dare le cose, che la moglie è morta i figli i nipoti vanno a trovarlo una volta al mese, forse. Allora a Maria dava sempre cassette di frutta di verdura che non sapeva a chi darle. Ci scherzavamo, con Maria, le dicevo: Chissà se un giorno mi lasci per Giovanni, che fa il galante. Maria addentava una mela di Giovanni, faceva: Mmmmmm! e un gesto lento con la mano, a cerchio, come a dire: Buonissima, poi diceva: Quasi quasi! e rideva con la sua bocca piena di mela. Invece poi se n'è andata davvero. Allora dico: Grazie Giovanni, ma Maria se n'è andata, stringo le spalle, allargo le braccia. *Cossa te dixi?* 'Cosa dici?' chiede Giovanni, spalanca gli occhi, aggrotta la fronte. Eeeeeeh, dico io, e sento il cuore che inizia a picchiare nell'orecchio. Bum bum! *Oscar, digli: Non è un segreto dai lo sanno tutti!* Ma non lo ascolto e dico: Però le mele piacciono anche a me. Giovanni scoppia a ridere, ha una bocca grande, sdentata, non l'avevo mai visto ridere così, fa ridere anche me, all'improvviso non mi fa più male lo stomaco. Arriva l'ascensore che ancora ridiamo e parliamo delle mie disgrazie, di Maria, del padrone di casa, del trasloco. Giovanni mi sta a sentire, annuisce, mi guarda da dietro le cataratte azzurre, pesanti, ogni tanto scuote la testa. Dico: Pazienza, l'importante è la salute, o no? che mi sembra una banalità adatta da dire a uno come lui, di altri tempi. Giovanni ride: *A salute sensa dinè a l'è 'na meza moutia!* 'La salute senza soldi è una mezza malattia!' dice, e ridiamo assieme fino al piano terra. Rimaniamo che devo andare a trovarlo, a prendere le mele, rimane lì un minuto a guardarmi mentre tolgo la catena alla bicicletta. Ci salutiamo, dice: Oscar! *Scinn'a morte, ghe s'ariva vivi!* 'Fino alla morte, ci si arriva vivi!', picchia nell'aria in alto due o tre volte il pugno con il bastone, da lontano lo vedo che si allontana a passettini leggeri, veloci, minuscoli.

Arrivo all'appuntamento, Bianca è già lì, davanti al portone, che finisce di arrotolare, si accende una sigaretta dei poveri, fatta a mano col tabacco. Allunga il collo, sbuffa fumo fuori dalla sciarpa. Bianca ha sempre addosso degli scialli enormi, estate e inverno si avvolge in queste nuvole di qualche stoffa esotica, forse indiana. Quando mi vede spegne la sigaretta a metà in una scatolina, la infila in borsa, dice: Alla buon'ora, che a sentirlo mi sembra incredibile, Bianca è una che arriva sempre in ritardo, si vede che quando c'è di mezzo l'Amico di tutti vuole proprio fare bella figura. Citofono, saliamo, ci apre questo ragazzo basso, tarchiato, il cappellino da basket alla rovescia sulla testa, una catena d'oro al collo. Bianca sorride, dice: Ciao Mike. Accomodatevi, dice lui, e ci fa passare nel corridoio. Come sta Ivano? dice a Bianca mentre chiude la porta. Tutto bene, ti saluta, dice che ti chiama presto. Lui è Oscar, dice Bianca, e indica me. Mike chiude la porta, dice: Piacere, guarda Bianca, dice: Digli di non preoccuparsi, che per Ivano ci sono sempre, e fa un gesto veloce con la mano, come a dire: Ci siamo capiti. Venite, vi faccio vedere la stanza, dice. Bussa su una porta a vetri, silenzio. Spalanca la porta, ci fa segno con la mano per dire: Venite, entriamo. La stanza è grande, ha una porta finestra che dà su un balcone, una tenda azzurra svolazza da dietro un'anta aperta. C'è un tappeto blu, quadrato, enorme, che separa due lettini gemelli, ognuno con il suo comodino, la sua lampada per leggere, il suo armadietto di legno a vista, marrone, lucido. Il soffitto brilla alto, immacolato sopra una carta da parati sottile, color crema, che corre sulle pareti tutt'intorno. Dalla finestra entra un profumo di pane, di caldo e pulito. Bianca mi guarda, sorride, dice: Bella, eh? e annuisce verso di me. Molto, dico, mentre guardo intorno. Mando giù la saliva nella gola, tossisco, chiedo: Quanto sarebbe, l'affitto? Mike dice: Sono trecentosettantacinque euro al mese, tutto incluso, anche internet e la donna delle pulizie ogni due settimane. Fa una pausa, poi aggiunge: Prezzo speciale per gli amici di Ivano, sorride, strizza l'occhio a Bianca. Lei lo guarda, sorride, dice: Grazie. Mike non la guarda, fa un gesto con il palmo aperto, le dita lunghe, come a dire: Figurati, poi si gira verso di me, dice: Ti interessa? Quando ho sentito trecentosettantacinque euro un brivido di ghiaccio è salito dentro la mia testa, ho pensato al biglietto dell'estratto conto sul tavolo della cucina, al cassiere del supermercato, all'olio di semi, a Erika, a Luis, non mi hanno richiamato. Sento lo sguardo di Bianca addosso. Stringo i pugni in tasca, ho le mani sudate, mi gira la testa. Il cuore salta dentro l'orecchio, fa una scarica di bum bum, dice: *Oscar, digli: Conta sì il denaro, altro che, altro che chiacchiere!* Mike è ancora lì che mi guarda, mi viene un po' da ridere e da piangere, a pensare ai trecentosettantacinque euro, sono tantissimi. Allora dico anche io: Altro che chiacchiere! e lui ride, una risata finta, di quelle imbarazzate di uno che non ha capito. Bianca invece mi guarda storto e non ride. Guarda per terra, dice: Grazie sì, gli interessa. Allora penso: Ecco un'altra bella figura di merda, cuore, bravissimo. Guardo Bianca da sotto in su, penso: Basta, ti prego, portami via. Mike si aggiusta sulla testa il cappellino alla rovescia, mi dice: Bene, bene, poi si gira verso Bianca. Prendiamo un caffè? le dice, si sente che vuole che dica di sì. Bianca smette di fissarmi, tira il fiato, guarda l'orologio, tossicchia e dice: Sei gentilissimo, ma dobbiamo proprio scappare, oggi faccio lezione all'ora di pranzo, Oscar mi accompagna. Scusaci, la prossima volta, dice Bianca, e gli mette una mano sulla spalla. Mike si scuote un attimo, si aggiusta il cappellino, dice: Certo, certo, e ci accompagna alla porta. Si vede che ci è rimasto male, guarda per terra, guarda Bianca, dice: Ci sentiamo allora, e si sporge per salutare Bianca con un bacio sulla guancia. Bianca si avvolge tutta dentro la sua pashmina colorata, gira la testa e appoggia la guancia, gli dà questo bacio per finta, dice: Sei stato gentilissimo, non mi guarda mentre apre la porta, ce l'abbiamo fatta, usciamo.

Entriamo nell'ascensore, mi fa segno con l'indice teso davanti alla bocca, dice: Sssst! In un attimo siamo fuori dal portone, Bianca procede dritta spedita per dieci minuti, io dietro tengo il passo zitto, non so dove andiamo.

Si ferma davanti a un bar, si guarda intorno, dice a voce bassa: Prendiamo un caffè. Ci sediamo con il caffè, si svuota una bustina dentro la tazzina, gira il cucchiaino avanti e indietro. Dici che proprio non ce la fai, tutti quei soldi? Mi guarda con due occhi grandi, speranzosi, sospira dentro lo scialle, si vede che vuole che dica di sì. Allora non ha capito niente di come sono messo male, penso, e mi sale il nervoso dentro la gola. Dico: Ma dove li prendo trecentosettantacinque euro al mese? e mando giù il caffè di colpo, quasi sbatto la tazzina sul piattino. Bianca scuote la testa, incrocia le dita intorno alla tazzina, dice: Peccato. Sospira. Ha detto Ivano che gli facevi un piacere, se prendevi tu la stanza, che di te si fida. Tossisce, guarda da un lato. Così lì in casa magari tenevi anche un po' d'occhio Ivano, quando passa di lì, capito? Ha le guance rosse, gli occhi socchiusi. Guarda la tazzina, gira il cucchiaino piano, su e giù, anche se ormai è vuota. Non ce li ho tutti quei soldi, lo sai benissimo anche tu, dico. Mi sento messo alle strette, mi sale questo nodo alla gola. Inspiro, espiro, sento il cuore che picchia nell'orecchio, bussa, dice: *Oscar, devi dire: E poi l'affetto l'intelletto lega!* Allora mi sale di nuovo un nervoso, penso: Cuore, non è il momento, hai capito? Il cuore si zittisce, poi fa due o tre bum bum più forti, sento: *Catarì! Catarì! Pecchè mm'e ddice 'sti parole amare?* Penso: Cuore, guarda che hai sbagliato persona. Vai, vai a picchiare nella testa di Catarì, che è meglio. Il cuore borbotta, si capisce che si è offeso.

Intanto Bianca è ancora lì che guarda di lato. Allora mi esce questa voce profonda, quasi grido: E poi cosa dici, lo tenevo un po' d'occhio? Ma per chi mi hai preso, ma perché poi? Bianca ha le guance rosse rosse, mi guarda con due occhi gonfi, si sfiora il naso con la manica, poi una lacrima piccolissima le scende giù sulla guancia, poi un'altra e un'altra. Da un momento all'altro Bianca è lì che affonda la testa nelle mani, singhiozza, non so cosa fare. Faccio per prenderle una mano, lei me la spinge via, resta lì a tirare su col naso con la faccia dentro le mani. Mi dispiace Bianchina, sono messo male, non ce la faccio con i soldi, dico. Diglielo, a Ivano, che mi dispiace tanto, dico e le passo un dito leggero sulla mano fredda. Dev'essere una cosa seria, tenere d'occhio Ivano, se Bianca ci contava così tanto, penso. Chissà perché, poi, mi dico, chissà cosa vuole controllare. Dopo un po' Bianca tira su forte con il naso, incrocia le mani sul tavolo, scuote la testa, dice: No, hai ragione tu. Non ti preoccupare, dice, va bene così, e in un attimo è di nuovo lei. Dai, andiamo, oggi vieni a fare lezione con me, dice, e sorride triste da dentro il suo scialle indiano, pakistano forse.

A lezione di yoga era un po' che non ci andavo, quando finiamo mi fanno male le gambe, la schiena, resto lì inchiodato a terra mentre vanno via tutti. Da lontano vedo Nina, mi fa un cenno veloce con la mano, scuote la coda di capelli biondi, ha già addosso il suo zainetto, sta per uscire, si vede che mi aspetta. Sento un borbottio che si agita dentro, vorrei dire qualcosa ma non ci riesco, allungo appena la mano in un saluto, le faccio da lontano questo sorriso penoso, dolorante, piego la testa di lato. Faccio una faccia che vuol dire: Anche io ti ho pensato, vorrei venire lì a parlarti a salutarti ma sono messo male, mi fa malissimo tutto, mi dispiace.

Dopo un po' mi smucchio, rimetto al loro posto il tappetino i blocchetti di gommapiuma, mi cambio, restituisco i pantaloncini le calze speciali a Bianca che mi ha prestato tutto per questa volta. Mi guarda, sorride, dice: Sono contenta che sei venuto con me, oggi. Anche io sono contento, dico, e mi allungo in un abbraccio indolenzito, stiamo lì un minuto, penso: Non c'è Ivano che tenga, poi mi sciolgo dall'abbraccio, lei mi batte piano una mano sulla spalla, dice: Stai bene, vieni anche domani, ti aspetto. Sento le sue dita leggere sulla mia spalla, dico solo: Va bene. Quando esco guardo il telefono, chiamata persa, c'è scritto: Luis stanza poveri. Il cuore si agita fortissimo dentro l'orecchio mentre lo richiamo, a ogni squillo fa bum bum bum! Mi sudano le mani mentre tolgo la catena alla bicicletta con l'orecchio incastrato tra il telefono e la spalla. Luis risponde come l'altra volta, dice: Onto, ma stavolta non lo faccio nemmeno parlare, mi aggrappo al telefono, dico: Sono Oscar, quello della stanza! Ah, ciao, dice Luis, poi rimane un attimo zitto, non se l'aspettava questo entusiasmo. Allora noi saremmo d'accordo, se vuoi la stanza è tua, dice. Grazie, grazie! dico, sto quasi urlando, mando giù un groppo enorme nella gola, sorrido, non mi sembra vero. Però ci sarebbe da firmare, prendere le chiavi e dare l'acconto adesso, che stasera Carlos parte per le ferie, dice Luis. Se puoi venire adesso… e resta lì appeso a sentire cosa dico. Lo so cosa pensa, che non ce li ho i soldi dell'acconto, che gli dico: Guarda, mi dispiace, così in fretta non ce li ho. Invece mi faccio coraggio, inspiro, dico: Sì, sì, quanto sarebbe? Sono un mese di anticipo, duecentocinquanta euro contante, e sta zitto. Mi gira la testa, penso a Bianca che piange, le patate bollite, l'estratto conto. L'orecchio mi scoppia, dico: Va bene, venti minuti e arrivo, aspettami, metto giù.

Un'ora dopo sono già fuori dal palazzo, ho nello zaino un bel contratto di due paginette firmato, in tasca un mazzo di chiavi, nel portafogli una ricevuta, un altro estratto conto del bancomat, sono ancora più povero di duecentocinquanta euro. Però sono contento, stringo le chiavi nel pugno, le tasto con le dita, penso: E allora. Passo davanti a una mini Coop, dev'essere quella dove lavora Luis, devo stare attento a queste impennate di entusiasmo, che poi faccio delle figure di merda con i cassieri. Penso: Solo una cosa, solo una cosa piccolissima, tanto per festeggiare, entro. C'è un profumo di focaccia, di pizza, un profumo che si sente che hanno il banco forno. Devo stare attentissimo, che è da stamattina che non mangio, con tutto quello che è successo. Cammino veloce a testa bassa, non guardo da nessuna parte, sento che la tentazione si annida a ogni angolo. Arrivo al banco forno, vedo una sfilza di pizzette nel loro sacchettino di carta marrone con la finestrella trasparente, ne prendo una tra le dita, è fragrante e calda, manda un profumo di origano e mozzarella, dev'essere appena sfornata. Ne prendo in mano anche un'altra, in un attimo mi torna in mente l'estratto conto. Allora guardo per terra, piano piano la rimetto giù, penso che a casa posso mangiare due patate bollite invece di una se proprio ho tanta fame, mi viene un po' da piangere. Mi precipito verso la cassa a testa bassa con la mia pizzetta piccola e il mio buco gigante dentro lo stomaco, ci sono tre o quattro persone in fila, mi sporgo per vedere se c'è un'altra cassa aperta ma niente, tocca aspettare.

Sono lì che aspetto, inizia a formarsi la fila dietro di me, è quasi arrivato il mio turno quando arriva una cassiera nuova, veloce, dice: Apro la cassa! e va a sedersi alla cassa a fianco. La fila dietro di me scatta verso quest'altra cassa, quelli in coda si spingono per la prima fila, un Gran Premio delle casse, dicono: Scusi, No, scusi lei. C'è una che sta facendo un po' di casino con il carrello. La guardo da dietro, ha i capelli legati a coda, uno zainetto conosciuto, forse è lei, le manca solo il tappetino rosa sotto il braccio. Nina! dico, mi esce questa voce acuta e incerta non so da dove, lei si gira, mi guarda, sorride, è proprio lei. Sbuffa, fa un cenno con la mano verso la coda, allarga le braccia per dire: Che casino! ma sorride, si vede che è contenta che l'ho riconosciuta. Pago la mia pizzetta, la aspetto che finisca la coda, lei fa un casino con il carrello, con i sacchetti, i soldi. Poi mi sorride con le ciglia lunghe, gli occhi profondi, dice: Che sorpresa! Di solito quando ti dicono: Che sorpresa! la gente vuol dire: Che sfiga! che non avevano nessuna voglia di vederti, invece Nina spalanca gli occhi, le escono fuori due fossette a virgola sulle guance, si capisce che è sincera. Abiti qui vicino? chiedo, e un po' ci spero, non mi sembra vero che forse siamo vicini di casa. Qui a fianco, dice, e fa un cenno con la mano verso sinistra, la direzione è quella del vicolo dove andrò a stare. Allora tempo due settimane e siamo vicini di casa, dico, e me ne pento subito immediatamente, pensare che forse un giorno dovrò spiegare le mie sfortunate circostanze materiali per le quali siamo diventati vicini di casa. Invece Nina sorride, dice: Ma pensa te, che combinazione! e restiamo zitti un minuto a sorriderci dentro queste banalità. Stringo le chiavi nella tasca, non so cosa dire, mi sembra che forse iniziano a girare bene le cose, questa è la seconda oggi, quando girano bene non me lo spiego, che ultimamente solo disgrazie. Allora ci rivediamo presto, dico, e stringo le chiavi dentro la tasca, forse sono queste che portano bene. Ci vediamo, sorride, e buon appetito! dice, con la mano indica la mia pizzetta. Ce l'ho stretta nell'altra mano me n'ero dimenticato, che all'improvviso mi è sparito il buco nello stomaco. Sento il cuore che picchia, una scarica di bum bum bum, poi: *Oscar, devi dire: Quante cose inutili abbiamo nella testa, ma il tuo sorriso resta!* Invece dico: Grazie, anche a te, mi sento le guance rosse infiammate. Alla prossima allora, ciao, e vado via con la mia pizzetta, le mie chiavi strette nel pugno in tasca, nello stomaco non sento più il buco nero e vuoto di prima. Qualcosa di caldo e leggero e profumato lo ha riempito, ha preso tutto il posto e adesso non ci sta nemmeno più la pizzetta, non ho più fame mentre pedalo e fischio, fischio e pedalo.

3
Per una settimana non ci voglio pensare

Per una settimana non ci voglio pensare, mi dico: Pomeriggio, poi: Domani, poi: Lunedì. Alla fine quando mancano quattro giorni sento gli scatoloni che mi fissano dal corridoio, erano rimasti lì piegati, mi aspettavano al varco. Allora basta, parto a testa bassa, scotch, pulizie, scatoloni, patate bollite, spaghetti salati, uova sode all'olio di semi e basta, non c'è tempo per le mele di Giovanni per lo yoga di Bianca per niente per nessuno, mi dispiace per tutti. Ogni tanto mi guardo intorno, a destra e a sinistra vedo queste pile di scatoloni questi sacchettoni neri enormi della spazzatura mi sento circondato, mi viene lo sconforto, scuoto la testa, mi siedo per terra un minuto con la faccia dentro le mani. Allora mi parte una raffica di bum bum bum dentro la testa, il cuore non molla, dice: *Voglio proprio vedere, sì voglio proprio vedere, come va a finire!* Penso: Dai cuore, dai forza dai, e mi viene una disperazione fortissima che mi fa chiudere scatoloni fino alle tre del mattino. Poi finalmente arriva il giorno, chiudo il gas, chiudo l'acqua, spengo le luci, metto su lo zaino, le chiavi dentro la porta fanno tlac tlac tlac mentre le giro nella serratura con due mandate. Suono al campanello di Giovanni, siamo d'accordo che le chiavi le lascio a lui, Ennio andrà a prendersele poi quando vuole. Resto lì davanti alla porta sul pianerottolo due minuti, poi Giovanni appare in ciabatte mutande e canottiera bianca, sarà rientrato da una spedizione al balcone. Gli do una busta con dentro le chiavi, mi stringe una mano fortissimo, nell'altra mi mette un sacchetto di mele enorme, si stringe nelle spalle in silenzio, ci salutiamo. Sono già quasi nell'ascensore, lui è ancora lì sulla porta in mutande, agita il bastone dentro il pugno, dice: Oscar! *L'è mégio dì pòveo che povéi noi!* 'È meglio dire povero che poveri noi!' ride con la sua bocca sdentata mentre scendo piano dentro l'ascensore, gli faccio ciao con la mano da dietro il vetro.

Sotto casa c'è Bruno, il figlio di Giovanni, che mi aspetta. Per fortuna Giovanni l'ha convinto a darmi una mano gratis col trasloco per un'oretta, prima che inizi con le sue consegne stamattina. Il figlio di Giovanni fa le consegne delle bevande e dell'acqua minerale, gira con un camioncino della ditta. Dietro ci sono le casse dell'acqua, i cartoni di Coca-Cola e poi ci abbiamo messo i miei scatoloni, la bicicletta. Davanti ci siamo stretti in tre, Bruno alla guida, io in mezzo, a destra l'aiutante di Bruno che fa l'apprendista ma è più anziano di me. Per strada parlano tantissimo tra loro, Bruno e il suo apprendista anziano discutono di colli di acqua, di indirizzi sconosciuti. Parcheggiamo lontanissimo, mi chiedono due volte se stiamo andando giusti per andare dove dobbiamo andare. Mi vergogno un po' che non sono sicuro se dobbiamo andare avanti, a destra o a sinistra, ancora non sono pratico di questi vicoli stretti, quasi senza luce anche di giorno, tutti in salita. Poi rivedo Nina al supermercato, Giovanni che agita il bastone nel pugno, mi passa un po' di disperazione. Facciamo le scale carichi di cartoni su e giù, portiamo su anche la bicicletta che non mi fido, ci salutiamo con un cenno senza fiato.

Passo tantissimo tempo a guardare il muro nella mia nuova stanzetta, poi dico forte: Animo! e mi metto a svuotare sacchettoni e disfare cartoni, a infilare le cose dentro il mio nuovo armadio, sotto il letto, in bagno, nello sgabuzzino di casa. Tutto è piccolissimo, stretto, pericolante. Carlos è ancora in ferie, Erika è entrata in cucina una volta, mi ha visto che armeggiavo con le tazzine, ha detto: Ah, sei arrivato, ciao, e ha girato i tacchi è tornata nella sua stanza subito immediatamente, poi è uscita di casa e non si è più vista. Sì sì, è proprio contenta di vedermi, ho pensato. Alla sera sono esausto, mi siedo sul mio lettino con la testa dentro le mani, i gomiti sulle ginocchia, mi fa male la testa. Sento bussare alla porta, dico: Avanti!, è Luis. Si fa largo piano piano tra i cartoni vuoti, la valigia aperta, si siede sul letto di fronte, mi guarda. Come andiamo? dice, fa un sorriso largo e sottile, guarda di lato, si capisce che non è sicuro se ha fatto bene a entrare. Mi guardo intorno, gli sorrido, dico: Tutto bene, mi esce questa voce bassa, stanca, che non ci crede nessuno. Lo so, dice. Lo so, lo so, lo so, e si guarda intorno, fa un gesto con la mano, con il palmo in su, come a dire: Cosa vuoi farci? Sospira: Se hai fame, ho ordinato una focaccia anche per te, vieni che è arrivata. Spalanco gli occhi, lo guardo zitto, non me l'aspettavo. Guarda di lato, si struscia veloce i palmi delle mani sui jeans, su e giù sulle ginocchia. Dai però, che si raffredda, andiamo, dice e si tira su dal letto, esce veloce verso la cucina.

A tavola ci sono due focacce al formaggio fumanti, fanno un profumo buonissimo dentro i cartoni, e poi una montagna di fritto misto di pesce, due birre grandi nelle bottiglie di vetro marroni, due bicchieri di vetro bassi, lisci, due fogli di carta da cucina per tovagliolo. La luce del neon è abbagliante, gialla, la tovaglia è quella cinese dell'altra volta, guardo la G dentro cigliegie, mi viene di nuovo da ridere. Alla fine di un trasloco ci vuole, o no? dice Luis, e riempie i bicchieri di birra con la schiuma fino all'orlo, solleva il suo e ne spinge uno verso di me, sorride, dice forte: Salute! Salute, rispondo, e sollevo anch'io il bicchiere in alto verso la luce gialla. Mangiamo con le mani le focacce dentro al cartone, ci beviamo su le birre, finiamo il fritto misto con il limone spremuto sopra, poi a sorpresa Luis tira fuori non so da dove anche mezza vaschetta di gelato alla crema, due bicchierini e una bottiglia di limoncello del discount. Lo fa scorrere sul gelato, va giù lento, dolcissimo, era tanto che non lo bevevo, a Maria non piaceva.

Tutto questo alcol mi tira su dallo stomaco e dentro la gola Maria, la scuola di ballo dei poveri, il maestro col ciuffo, il padrone di casa. Attacco la vaschetta col cucchiaio e mi ingozzo di gelato alla crema a testa bassa, racconto tutto piano piano a Luis. Lui ascolta in silenzio e ogni tanto gira la bottiglia sempre più in verticale, mi riempie il bicchiere di limoncello dei poveri. Mi scoppia la pancia, non mi ricordo l'ultima volta che ho mangiato e bevuto così. Luis socchiude gli occhi lucidi e rimane zitto, qualche volta annuisce, qualche volta picchietta con le dita sul tavolo. Mi dispiace, dice ogni tanto, scuote la testa, mi riempie un'altra volta il bicchiere. Ma vedrai che adesso inizia a girare bene, dice e strascica le parole con il suo accento brasiliano, gli ciondola un po' la testa. Stringo il bicchiere appiccicoso tra le dita, annuisco, poi mando giù piano un altro dito di limoncello. Domani torna Carlos, dice, così lo conosci, vedrai che vi capite, dice. In che senso? rispondo, lo guardo a occhi socchiusi da giù in su. Nel senso che anche lui ha dei casini, dice Luis. Andiamo bene, dico, e mi scolo l'ultima goccia di limoncello nel bicchiere. Ha lasciato la moglie e il figlio a Manila, loro dovevano raggiungerlo qui, ma poi è successo un casino con i visti. Comunque forse si risolve presto, dice, adesso sta studiando per l'esame di italiano, quello per la cittadinanza. Poi di colpo spalanca la bocca, gli esce questo suono fortissimo, uno sbadiglio lungo, profondo. Grazie per la cena, dico, sei stato gentilissimo, e faccio per sparecchiare ma mi fa male la testa, gli occhi mi bruciano nella luce gialla, la stanza mi balla intorno. Luis fa un cenno con la mano, indica il casino sulla tavola, dice: Vai, vai, qua ci penso io, se no domani chi se la sente Erika, e sorride a labbra strette.

Mi butto pesante a pancia in giù nel mio lettino, mi brucia in gola e dentro la bocca questo sapore acido, dolciastro di alcol e fritto. Allungo la mano piano verso sinistra, lì c'era sempre Maria. Sfioro con la punta delle dita il muro liscio, freddo. Bum bum bum! Noooo, non ce la faccio, cuore, sono stanco, mi fa male la pancia, vattene via, sto quasi urlando. Ma il cuore lo sa, non molla dentro l'orecchio: *Perché restare, restare soli, fa male anche ai duri! Loro non lo dicono ma, parlano con i muri!* Basta cuore, lasciami in pace, non voglio sapere più niente, dico. Schiaccio la faccia dentro al cuscino, mi giro e mi rigiro nel mio lettino, poi finalmente il silenzio, il sonno, crollo.

Mi sveglia questo suono nuovo e secco. Qualcuno ha spalancato la porta della stanza, si è fermato lì a fissarmi, una mano sulla maniglia, con l'altra stringe un borsone. Non sorride, dice: Buongiorno, lo guardo mentre va deciso verso la finestra, alza la serranda a metà, spalanca i vetri. Mi tiro di colpo su nel letto, appoggio i piedi per terra ma la stanza mi gira lo stesso intorno, mi fa male la testa. Sussurro: Buongiorno, mando giù l'amaro dentro la gola. Guardo per terra, vedo i piedi dentro i calzini, ho ancora su i jeans, la maglietta. Ti chiami Oscar, giusto? dice una voce lontanissima dal lettino di fronte al mio. Lo guardo, metto a fuoco quest'uomo stempiato, magro, vestito di nero che mi guarda con due occhi scuri, la fronte aggrottata, la testa piegata da un lato. Faccio di sì con la testa, vorrei dire qualcosa ma non ce la faccio, sento questo ronzio nella testa, l'amaro dentro la bocca. Tossisco una volta, due volte, inspiro, espiro, dico: Scusa, non mi sento bene. Mi alzo piano, sento il suo sguardo addosso mentre vado in bagno.

Mi sciacquo la faccia con l'acqua fredda, sfrego le guance col sapone, passo l'acqua tra i denti, sputo, ricomincio da capo ancora e ancora. Mi gira la testa, mi aggrappo ai bordi del lavandino con le braccia tese, indolenzite, mi guardo allo specchio. C'è un vecchio di mille anni, ha le guance scavate, le occhiaie scure, profonde, gli occhi rossi, le labbra secche, sembra un po' Giovanni un po' mio nonno quando rientrava a casa al mattino presto. Io uscivo per andare a scuola, lui aveva lavorato tutta la notte. Stringo le dita sui bordi del lavandino. Guardo per terra, soffio l'aria fuori dal naso, penso: Bravissimo, abbiamo proprio fatto una bella figura. Complimenti. Cominciamo bene, penso, e mi sfrego la faccia con l'asciugamano. È di spugna rosa, morbido, spesso, profuma di shampoo, di vaniglia, di buono. Lo metto giù subito immediatamente, penso: Non sei mica a casa tua. Con questo pensiero mi sveglio di colpo, spalanco gli occhi, la luce brilla fredda sulle mattonelle, penso a Maria, al suo profumo, ma è un attimo. Torno in camera, apro piano la porta, Carlos è ancora lì seduto sul letto che armeggia con le mani dentro al borsone. Tossisco leggero, inspiro, dico: Ciao Carlos, piacere. Lui mi guarda un minuto da su in giù, piega piano la testa da un lato, non dice niente. Allora dico: Sto bene, scusa, è che ieri sera ho mangiato troppo, e sorrido. Penso: Chissà se puzzo di birra, di fritto. Però Carlos non fa una piega, continua a svuotare piano piano il suo borsone, tira fuori due magliette, un paio di jeans, una camicia, le stira con le mani piano sul letto. Poi si alza, tira fuori dalla tasca di dietro un mazzo di chiavi enorme, fa tlac tlac tlac, apre il lucchetto gigante del suo armadietto. Ci infila le sue cose una a una, piega a metà il borsone, lo infila sotto il letto, tutto in silenzio perfetto. Si vede che ha proprio voglia di fare amicizia questo Carlos, penso. Mi guardo i piedi dentro i calzini di ieri, non so cosa fare, in questa convivenza di camera doppia non so da dove cominciare. Per fortuna ci pensa lui, dice: In frigo non c'ho niente, vado a fare colazione al bar, se vuoi venire... Mi guarda da su in giù, però ha questa voce stanca, gentile, un po' roca, che anche se ho lo stomaco sottosopra penso: Andiamo. Mi alzo, sorrido, dico: Benissimo, in un attimo mi metto una felpa, usciamo.

In due minuti siamo al bar sotto casa, è pienissimo, piccolissimo, scoppia di un profumo dolciastro di caffè, di zucchero a velo. Mi sale la nausea dentro la gola, mi gira la testa. Ciao capo, dice Carlos al barista, per me focaccia e cappuccino, per il mio amico... Si gira verso di me, mi guarda, aspetta. Anche per me, dico e me ne pento subito immediatamente, ma ormai è tardi, la focaccia e il cappuccino si sono materializzati in un attimo davanti a noi sul bancone. Carlos stacca un pezzetto di focaccia, lo infila nel cappuccino, in un attimo se lo mette in bocca, manda giù veloce. Allora sei arrivato ieri, dice, com'è andata? Tutto bene, dico, tiro su la tazza e soffio sul cappuccino, cerco di mandare giù un sorso. Lo guardo da dietro la tazza, penso a quello che ha detto Luis, che ci capiremo, non so come. Più o meno, sospiro, adesso mi resta da fare un po' di ordine, un po' di pulizie. Il barista mi guarda, dice: Be' per quello, c'è il maestro! e ride, fa un cenno verso Carlos con la mano, ma si vede che scherza. Carlos scoppia a ridere con la faccia dentro la tazza del cappuccino, gli cola un po' di latte giù per la mano verso il polso, dice: Non sono manco tornato, e già cominciamo con le pulizie! Sorride, rimette la tazza sul piattino, si asciuga il polso con un fazzolettino. Si scherza eh, Carlos! dice il barista. Guardo il barista da sotto in su, guardo Carlos, aspetto, non ho capito niente di questa storia delle pulizie. È che faccio le pulizie, dice Carlos. Dove lavoro io puliamo gli uffici, i negozi... e fa un gesto largo con la mano come a dire: Un po' di tutto. Oggi sono ancora in ferie, domani si ricomincia, sospira. Oggi pulizie, niente! stringe le dita, fa segno di no con l'indice teso, manda giù veloce l'ultimo goccio di cappuccino. Oggi studiare e basta, dice, e gli viene fuori questa faccia scura, la fronte aggrottata. Guarda di lato, dice: Andiamo, hai finito? Si fruga nelle tasche, lascia i soldi sul bancone, fa un cenno veloce verso il barista, dice: Ciao capo!, gli vado dietro con la mia mezza striscia di focaccia in mano.

A casa Carlos si piazza al tavolo della cucina con una pila di libri, un vocabolario di quelli piccoli, portatili, due o tre quadernoni, matita, gomma, penne, evidenziatori gialli. Vado avanti e indietro dal bagno con il secchio gli stracci per pulire il mio armadietto, lo vedo di sguincio lì seduto che legge. Muove il dito sulla pagina del libro pianissimo, parola per parola, riga per riga. Poi di colpo si ferma, sottolinea qualcosa, schiaccia forte l'evidenziatore sulla pagina una volta, due volte. Apre il vocabolario, sfoglia le pagine, scorre con il dito, si ferma. Muove le labbra piano, a voce bassa ripete qualcosa mentre guarda fisso davanti, poi scrive lentissimo nel quadernone. Ogni tanto si ferma, guarda nel vuoto un minuto, stringe un pugno sotto il mento, morde la matita. Poi si scuote, si aggiusta sulla sedia, tossisce, ricomincia a leggere, la testa inclinata da un lato dentro il palmo della mano, un dito sulla pagina. Finisco di pulire il mio armadietto, vado in cucina, armeggio con lo scolapiatti, cerco un bicchiere pulito. Carlos mi sorride di traverso, poi si rimette zitto a fissare la pagina. Ma è un attimo, mette giù la matita, si scuote sulla sedia, esce in corridoio, sento tlac tlac tlac, la chiave chiude la porta del bagno. Bravissimo, penso, l'hai disturbato, complimenti, e riempio veloce il bicchiere con l'acqua del lavandino. Mi siedo un minuto a tavola, sulla copertina del libro in cima alla pila c'è la foto di un gruppo di mezza età, bianchi e neri sorridono, fanno ciao con la mano, c'è scritto: «ANDIAMO!» Sottotitolo: *Corso di italiano per immigrati adulti*. Su quello sotto c'è un altro gruppo sorridente, fanno il segno col pollice in alto, c'è scritto: «PRONTI!» Sottotitolo: *Prepararsi alla certificazione di italiano per la cittadinanza*.

Di colpo mi torna l'amaro in gola. Socchiudo gli occhi. La cucina è quella della nostra vecchia casa. Siamo seduti a tavola, Maria mi guarda fisso, ogni tanto morde il tappo blu della penna, dice a voce alta: Il, lo, la! I, gli, le! Del, dei...! Poi sbuffa, scuote la testa, ricomincia: Il, lo, la! I, gli, le! Del... Rimane zitta un minuto, guarda in alto, la bocca socchiusa, poi esita, dice piano: *...dejo, deja!* con il suo accento argentino, forte, squillante. Scoppio a ridere forte, scuoto la testa, dico: No Maria, no *dejo, deja!* Devi dire: Dello, della! Maria affonda la faccia nelle mani, picchia i piedi per terra una volta, due volte, grida: DELLO, DELLO, DELLO!, stringe forte i suoi pugni minuscoli, li picchia sulle ginocchia. Poi di colpo mi butta le braccia al collo, affonda il mento sotto il mio orecchio, sussurra: Non mi entra nella testa, non mi entra! Le accarezzo un po' i capelli, le cerco una mano, la stringo piano piano, le sussurro all'orecchio: Sì che ti entra, dai che sei bravissima, riproviamo. Lei si scioglie dall'abbraccio, si asciuga gli occhi con la manica del pigiama, poi si aggiusta sulla sedia. Si passa veloce una mano sulla fronte, i suoi riccioli scuri tornano a cadere sulle orecchie. Mi guarda da sotto in su con il suo sorriso triste, a labbra strette. Non ce l'ho fatta già l'altra volta, non ce la farò mai, dice, e scuote la testa. Non è vero, stavolta ce la fai, dai. Ma tu mi aiuti? bisbiglia al mio orecchio, rispondo: Sì, ti aiuto io, lo vedi che ti sto aiutando, sussurro, le sfioro con un dito la guancia umida, fredda. Allora spalanca quegli occhi neri, profondi, sbatte le ciglia lunghe, sorride, guarda fisso davanti, ricomincia: Il, lo, la! I, gli, le! Del, dello, della! Sei mesi e moltissime preposizioni articolate dopo Maria era rientrata a casa sbattendo la porta, era entrata di corsa in cucina, aveva buttato per aria *Andiamo!* e *Pronti!*, aveva urlato con i pugni in alto: Ce l'abbiamo fatta! Ce l'abbiamo fatta! Allora l'avevo abbracciata fortissimo, avevamo riso e pianto e bevuto una bottiglia di spumante, non ci sembrava vero che era finito questo incubo dell'esame di italiano, poteva finire le pratiche per la cittadinanza.

Sento i passi di Carlos nel corridoio, mi alzo a sciacquare il bicchiere nel lavandino, armeggio con lo scolapiatti. Si siede al tavolo in silenzio, riprende la matita in mano, poi fissa la pagina del libro, ricomincia a muovere le labbra senza suoni, a passare piano il dito sotto ogni parola. Si mette a scrivere qualcosa sul quaderno e subito sbuffa, scuote la testa, spinge il mento nei pugni stretti. Mi guarda di traverso, fa una smorfia, dice: È un casino, chiude libro e quaderno, li spinge via veloce sul tavolo. Non ci capisco niente, sospira, e si sfrega le guance con i palmi aperti, guarda il muro, morde il tappo della penna in silenzio. Sento picchiare nell'orecchio, poi: Bum bum bum! *Oscar, digli: Fatti non foste a viver come bruti, ma per seguir virtute e canoscenza!* Invece guardo per terra, dico: Eh, lo so, è un casino. Sposto una sedia, mi siedo al tavolo con lui, prendo *Andiamo!* in mano, guardo le facce che sorridono sulla copertina. Ci sono passato anch'io, anche la mia compagna, dico. Tossisco, ho questa voce incerta, dico: Ex compagna. Non avevo ancora dovuto chiamare Maria così, è la prima volta. Inspiro, espiro, mando giù questo groppo nella gola, tossisco una volta, due volte, dico: Comunque se vuoi ti do una mano, che me lo ricordo bene l'esame. Carlos mi guarda serio, non dice niente. Si gratta il pizzetto, stringe gli occhi neri, profondi, guarda di lato, si vede che non se l'aspettava. E poi di tempo ne ho, per il momento, aggiungo, mi aggiusto avanti e indietro sulla sedia, mi passo una matita tra le dita. Vabbè, allora magari, mi farebbe piacere, dice Carlos, e sorride a labbra strette. Mi hanno già bocciato due volte, sospira. Se mi bocciano di nuovo lascio perdere. Però almeno l'ultima volta ci vorrei provare, dice, guarda la tovaglia. Per forza, certo, dico io, non so da dove mi esce questa voce convinta, decisa, non me la riconosco.

Ci mettiamo a sfogliare il libro, gli esercizi di grammatica. Carlos è negato per la grammatica, per la sintassi, per qualsiasi tipo di esercizio. Guardo quelli che ha fatto da solo, ha scritto delle cose tipo: Se avessivo saputo che venissivo, andassivo a prendervi. Passiamo il resto della giornata a tavola a fare i compiti a casa, mi spiega che è rimasto indietro mentre era in ferie, che domani sera ha il corso per gli immigrati della Maddalena, è una cosa seria, gli controllano i compiti. La

Maddalena è il nome del quartiere dove abitiamo, qua nei vicoli. Allora qualche sera vengo anche io, dico. Carlos ride, dice: Te stai attento, che sei *foresto*! *Foresto* è una parola che si usa da queste parti, vuol dire che sono di fuori e mi si riconosce subito, do nell'occhio se vado in giro da solo. Dice Carlos che devo stare attento nei vicoli, che ancora non mi conoscono quelli del posto, con il dito teso si sfiora tra l'occhio e la tempia, vuol dire: Occhi aperti. Dice che una volta alla settimana c'è la cena del laboratorio sociale, i volontari con gli immigrati, ognuno porta qualcosa da mangiare. Lui e Luis si sono conosciuti a una di queste cene solidali, sono diventati amici così. Mi dice che devo andarci anche io con loro, qualche volta. Magari, sorrido, mi fa piacere, subito mi sale un brivido su per la schiena, penso: Bravissimo, proprio una bella idea, poi cosa ci porti da mangiare alla cena di gruppo? Le patate bollite con l'olio di semi? Le uova sode? Certo, certo, bella idea, complimenti. Chiudiamo i libri, la sera Carlos mette su una pasta al pomodoro per due, rimaniamo che dalla settimana prossima riprendiamo dal passato remoto, chissà. Ci mettiamo giù nei nostri lettini gemelli minuscoli, mi metto a fissare il soffitto in silenzio, Carlos si è addormentato subito immediatamente, fa un rumore strano, un fischio forte, profondo. Bum bum bum! No, no, no. Lasciami perdere, cuore, non se ne parla neanche. Buonanotte, gli dico, e mi addormento.

Il giorno dopo alle cinque mi telefona Bianca, dice: Vieni a fare yoga stasera, che mi han chiesto di te. In che senso, dico, mi viene un'idea ma non ci spero, cancello il pensiero subito da dentro la testa. Eh, dice lei, te la ricordi quella che viene a lezione, con i capelli biondi con la coda, ogni tanto si ferma a salutarti. Mi sale un'intuizione dal petto su per la gola e poi tra i denti, sorrido e dico: Nina! Ecco, dice Bianca, si sente che sorride anche lei al telefono. Ha detto se ti conosco, che non t'ha più visto, se insegni sempre il tango… insomma, una balla e l'altra. Allora le ho detto che oggi venivi, di chiedertelo direttamente a te, che ti faceva piacere… Si zittisce un minuto, fa un tiro, poi soffia il fumo dentro al telefono. Comunque si capiva che era una scusa, secondo me, dice. Secondo me le interessi, dice, e tossisce. Dai, ci vediamo dopo, taglia corto, tossisce di nuovo e mette giù, non faccio nemmeno in tempo a rispondere: Va bene. Non so cosa pensare, mi sento questa aspettativa addosso che mi paralizza un po' la testa, giro in cerchio per la mia stanzetta in mutande. Mi metto a cercare una maglietta buona, di un colore che magari piace a Nina. Ne trovo una di un azzurro molto bello, quasi pulita, c'è scritto davanti: «GIORNATA DEL TANGO PER TUTTI», e dietro: «SURGELATI DA PARODI DAL 1986». Surgelati Da Parodi era lo sponsor, ci aveva fatto le magliette gratis, aveva organizzato tutto Maria. La rimetto giù, ne tiro fuori un'altra, gialla, c'è scritto: «EL CARIBE UNIDO FESTIVAL 2005 – BACHATA Y MERENGUE SOCIAL CLUB CAGLIARI». Questa me l'avevano regalata. Mi dev'essere sfuggita nel trasloco, finisce nell'immondizia subito immediatamente, mi dispiace per l'eterna amicizia che lega Cagliari ai Caraibi. Alla fine trovo una maglietta bianca pulita, girocollo, c'è scritto piccolo, in nero, ad altezza cuore: «IMPALCHI TASSARA-CANESSA E FIGLI», è quasi elegante. Trovo anche un paio di pantaloni blu della tuta di quelli un po' meno peggio del solito, controllo che non hanno dei buchi, li stiro piano su e giù con la mano sopra il letto prima di metterli nella borsa.

A lezione Nina non mi guarda per tutto il tempo, sospetto che Bianca si è inventata tutto, era solo una scusa per farmi fare un po' di movimento che il trasloco mi ha scombussolato tutti i chakra, dice lei. Invece Bianca ogni tanto tira su lo sguardo dalle sue ginocchia incrociate per terra, la vedo che in un attimo guarda me, guarda Nina, poi sorride appena a labbra strette, e subito si rimette a fissare i suoi piedi incrociati sotto le ginocchia. Finisce la lezione, piano piano vanno via tutti. Mi siedo sulla panchetta all'entrata dove lasciamo le scarpe, stiro con la mano «TASSARA-CANESSA E FIGLI», la passo anche su e giù sulle cosce dei miei pantaloni della tuta meno peggio. Penso: Cosa t'avevo detto, che non era il caso di vestirsi di lusso. Sono lì piegato con la testa in giù che mi faccio il nodo alla scarpa sinistra, lento lentissimo con questa speranza nella testa, dopo un minuto davanti agli occhi mi appaiono due piedi dentro scarpe da tennis rosa e bianche. Sono i piedi di qualcuno che si è seduto sulla panchetta di fronte. Faccio piano il nodo anche alla scarpa destra, i due piedi sono sempre lì, uno fa un tap tap tap leggero sul pavimento dentro la punta di gomma rosa. Finisco di allacciarmi la scarpa sinistra, faccio anche il doppio nodo, mi tiro su. Nina è seduta lì, in mezzo alla panchetta di fronte. Mi guarda, sorride, dice: Ciao Oscar. Inclina la testa da un lato, guarda giù mentre si passa le mani sui capelli biondi, se li stringe piano nella coda, dice: Come andiamo? Inspiro, mi passo le mani sulle ginocchia avanti e indietro, dico: Tutto bene, sorrido anche io, le cerco lo sguardo. Allora in un attimo le vengono fuori due guance rosse, sento il tap tap tap veloce delle scarpe sul pavimento. Non sono più venuto che dovevo fare il trasloco, aggiungo tutto d'un fiato, penso al supermercato, alla pizzetta, alle chiavi dentro la tasca, chissà se si ricorda. Nina mi guarda da sotto in su, le ciglia lunghe intorno agli occhi grandi. Ah, allora adesso siamo proprio vicini di casa! dice con questa voce sottile, si sente che è contenta. Passano due ragazze che hanno finito e stanno uscendo nel corridoio in mezzo a noi, poi un'altra, e un'altra ancora. Allora in un attimo Nina si viene a sedere vicino a me, restiamo lì un minuto senza dire niente, a sorridere con le labbra strette, a guardare fuori dalla finestra seduti vicini sulla panchetta. Sento la gola secca, tossisco piano, dico: Eh sì, proprio così. Inspiro profondo, mi viene un caldo strano dentro la gola, è morbido e lento e si espande in su. Mi scalda le guance, il collo sotto le orecchie. Poi, di colpo, bum bum! Il cuore si agita dentro l'orecchio, sussurra: *Oscar, devi dire: C'ho una festa dentro al cuore, lo sai che ti vorrei invitare!* Invece sussurro: Allora magari, una volta, andiamo a prendere un caffè sotto casa. Mando giù piano, espiro, aggiungo: Se hai voglia. Stringo le mani sudate una dentro l'altra, penso: Adesso dice: Scusa ma sai, sono molto occupata. Sicuro al cento per cento garantito che dice: Sono proprio molto occupata. Vedrai che non mi guarda neanche e dice: Scusa ma sono proprio molto, ma molto occupata, mentre scuote la sua testa molto occupata con la sua coda che ondeggia a destra e a sinistra, penso. Sicuro garantito assicurato al cento per cento. Allora io guarderei per terra, direi: Certo, lasciamo stare, figurati. Anzi, ci mancherebbe, vai tranquilla, magari un'altra volta, quando non sei molto occupata.

Invece Nina si stira sulla panchetta, allunga le gambe in avanti, sorride: Quando vuoi, ti lascio il mio numero, e inizia a scandire: Tre, due, otto, sette eccetera. Stringo il telefono fortissimo e digito veloce, le dita sudate lasciano il segno sullo schermo. Poi faccio partire una chiamata, il suo telefono inizia a squillare, vibra forte dentro lo zainetto. Lei fruga un minuto con le mani dentro lo zaino, poi schiaccia veloce le dita sullo schermo, dice: Salvato! con questa voce allegra, gli occhi socchiusi, la testa inclinata da un lato. Sorride, dice: Dai, ci vediamo presto allora. Poi di colpo solleva una mano dal telefono, stringe piano la mia appoggiata sulla panchetta. Ma è un attimo, la ritira subito immediatamente, come una che si è scottata con l'acqua bollente. Rimette veloce il telefono nello zaino, sussurra: Ciao Oscar, buona serata, poi mentre va via si guarda indietro per un attimo, incrociamo lo sguardo quando è già sulla porta. Rimango lì seduto sulla panchetta un minuto a guardarla uscire con il suo zainetto, la sua coda di capelli che ondeggia a destra e a sinistra, poi guardo il telefono, c'è ancora il suo numero sullo schermo. Schiaccio: Aggiungi nuovo numero, scrivo: Nina Yoga, poi cancello, scrivo: Nina Non Occupata, poi cancello di nuovo, scrivo: Nina Mano Panchetta, schiaccio: Salva. Penso: Sì va bene d'accordo, tanto va a finire malissimo sicuramente, proprio sicuro garantito al cento per cento, quello sì. Però intanto: Aggiungi nuovo numero e poi: Salva, dopo vediamo. Sento di nuovo un caldo morbido dentro, adesso si espande dappertutto, mi scalda persino le dita delle mani mentre vado via leggero, veloce sui pedali.

Arrivo a casa che è tardissimo, c'è Carlos in cucina seduto al tavolo, tre dita di birra nel bicchiere, lo zaino mezzo aperto appeso alla sedia. Tira su il bicchiere verso di me, dice: Alla salute! Ha gli occhi che brillano, questa voce allegra, stanca: Siamo bravissimi! dice. Mi siedo, appoggio le spalle allo schienale, allungo le gambe. Stringo tra le dita il bicchiere che Carlos mi mette in mano, mando giù un sorso di birra, guardo *Andiamo!* sul tavolo. Stasera Carlos aveva lezione, gli controllavano i compiti di italiano che avevamo fatto assieme ieri. Sorride, dice: Tutto grazie a te, grazie! Mi spiega che questo corso, questo controllo dei compiti per lui ogni volta è una sofferenza allucinante. In pratica se ho capito bene funziona così: a turno, uno per uno, devono leggere i compiti a casa a voce alta davanti a tutti, che già al pensiero Carlos dice che si vergogna moltissimo, ogni volta gli va via la voce, gli sudano le mani. Poi quando arriva il suo turno di leggere si emoziona, che lui è l'ultimo della classe, e ci sono anche due o tre stronzi di vent'anni che si danno di gomito di nascosto quando fa degli errori, cioè: sempre. Allora Carlos aveva deciso, se anche stasera andava male basta, non ci voleva tornare mai più al corso, si ritirava e addio esame addio cittadinanza addio tutto. Invece è andata bene, benissimo! quasi urla. Tutti i compiti giusti, tutti! ride, e mi versa ancora due dita di birra. I nostri bicchieri fanno tin! tin! quando brindiamo nella luce gialla del neon.

Sono contento, Carlos, ma guarda che hai fatto tutto

da solo. Mi sento le guance appena appena un po' rosse mentre dico questa bugia. Però mi fa piacere che Carlos fa di no con la testa, con il suo sorriso largo dentro al bicchiere. Mi indica col dito teso a destra e a sinistra, vuol dire: Non io, sei stato tu, grazie a te. Allora forse sarà la birra, mi lascio trasportare anche io da questo entusiasmo da scuola dei poveri, dico: Carlos, allora dobbiamo andare avanti così, mi raccomando! Carlos fa di sì con la testa, tira su il bicchiere con il gomito alto. Un goccio di birra gli cola giù per il mento, si asciuga veloce col dorso della mano, poi di colpo dà una manata sulla tavola, fa sobbalzare i bicchieri, fa sobbalzare un po' anche me. Sì, sì, dobbiamo andare avanti! Adesso l'ho detto a tutti, vogliono tutti imparare da te anche loro! dice forte, e ride, e fa ridere anche me, cosa può aver raccontato. Si mette a spiegare, in pratica ha raccontato proprio tutto quello che abbiamo fatto assieme minuto per minuto. In pratica siccome aveva azzeccato tutti i compiti per la prima volta, aveva lasciato tutti di stucco, e nessuno se lo spiegava come aveva fatto. Allora quando hanno finito la lezione Carlos si è messo a spiegare per filo e per segno che ero il coinquilino nuovo, che l'avevo aiutato a fare i compiti, l'avevo fatto ripetere a voce alta, che per la prima volta aveva capito cosa vuol dire preposizioni semplici, preposizione articolate, locuzioni avverbiali eccetera. Sono rimasti tutti così, dice, e rimane lì fermo a mimare con la bocca aperta spalancata, grandissima. Poi in un attimo torna serio, dice: Adesso però, vogliono che li aiuti anche a loro.

Penso: Siamo rovinati. Mi sento le guance ancora più rosse, stringo il bicchiere con una mano, con l'altra mi verso altre due dita di birra. È calda quando la mando giù, guardo Carlos da dietro il bicchiere, non dico niente. Mi guarda, rimane zitto ancora un minuto, forse c'è rimasto male. Poi mette le mani avanti, dice: Oh! Mica gratis, eh! Guarda che pagano! Mando giù l'ultimo sorso di birra, scuoto la testa: Dai Carlos, poi vediamo, ci pensiamo domani. Ma Carlos non molla, insiste, batte il bicchiere sul tavolo, ripete due o tre volte: Dai retta a me, che te sei bravo, te lo dice Carlos! La testa gli ciondola di qua e di là, però continua a guardarmi fisso, va a finire che ci rimane male se dico di no. Allora dico: Vabbè Carlos, domani vediamo, adesso siamo stanchi, andiamo a dormire. Carlos mi guarda, socchiude gli occhi, si capisce che domani torna alla carica. Dentro l'orecchio sento un borbottio strano, rimane ancora lì quando mi giro e mi rigiro nel mio lettino. Penso: Però chissà, vai a sapere. Al buio fisso il soffitto per un bel po', poi il cuore si agita più forte dentro l'orecchio, lo sapevo che era in agguato anche se non lo voglio sentire. Bum! *Oscar, siamo tutti un po' malati, ma siamo anche un po' dottori!* Non lo so, cuore, curare le preposizioni degli amici di Carlos, non so se me la sento. Chiudo gli occhi, tocco il telefono, il numero di Nina è sempre lì dentro. Penso: A Cagliari e nel Caribe con il merengue salsa bachata possono fare tutto quello che vogliono, intanto non ha detto che è occupata. Ha detto: Quando vuoi, invece. Stringo il telefono nella mano sotto il cuscino, mi addormento.

Al mattino guardo il telefono, ce l'ho ancora stretto nella mano. Un po' ci speravo, invece nessun segno di vita. Sono le sette, Carlos è già uscito, si è anche rifatto il letto. Nel telefono nessun messaggio di Nina, di Bianca, niente di niente di nessuno. Più tardi fisso la tazzina del caffè, sul tavolo della cucina ci sono ancora le facce bianche e nere sorridenti di *Andiamo!*, si vede che Carlos si è dimenticato di mettere via le sue cose ieri sera, o forse l'ha fatto apposta. Sfoglio il libro, devono essere arrivati a metà del programma. Leggo i primi esercizi che Carlos aveva fatto da solo, penso: Andiamo bene. Di colpo sento dei passi leggeri, tap tap tap nel corridoio. Erika mi appare di fianco, scivola silenziosa verso la finestra, tira su la serranda veloce fino in alto. Fuori c'è il sole ma quasi non si vede anche di giorno, in questi vicoli stretti strettissimi lo vedi solo quando è alto, a mezzogiorno. Però si vedono i tetti che brillano lucidi e neri, le magliette appese a stendere dei palazzi di fronte, si sente un'aria di scirocco. Erika si sporge nella luce della finestra. È un'ombra minuscola nel bagliore, che si allunga sulle punte dei piedi dentro le ciabatte, stira piano le braccia verso l'alto, le dita tese nell'aria. Abbassa un braccio e tira verso di sé il portacenere sul davanzale, si gira, mi guarda, dice: Ti dà fastidio? Le compare una sigaretta nella mano, poi in un attimo tra le labbra. Figurati, dico, e spingo piano il libro sul tavolo. Guardo la macchinetta sul gas spento, dico: Se vuoi un po' di caffè, ce n'è ancora, l'ho appena fatto. Mando giù un sorso, stringo le mani sulla tazzina, sento le dita appena un po' sudate. Sei gentile, dice, e dà un tiro leggero, poi soffia all'insù una nuvola di fumo che sparisce veloce nella luce della finestra. Penso: Dai Oscar, sei partito bene, di' qualcos'altro. Invece non dico niente, resto lì seduto e zitto a fissare la tazzina, a incrociarci sopra le dita. Erika dà ancora due o tre tiri, scrolla la cenere, poi spegne la sigaretta a metà nel portacenere. La infila piano in un pacchetto, scuote la testa, sospira: *Belin* di vizio! Ma quest'anno smetto, te lo dico. Scrolla le spalle. Allora sei sicuro, che non ne vuoi più? dice e si versa tutto quel che resta del caffè, sposta una sedia, si siede a tavola dall'altro lato. Ha i capelli sciolti stamattina, le arrivano alle spalle. Prende in mano una rivista dal tavolo, la sfoglia un minuto, dice: Sentiamo come gira, questa settimana. Tu di che segno sei? Lo dice con una voce che si sente che non è una domanda qualsiasi, è un esame, sarà meglio che azzecco la risposta.

Erano anni che nessuno mi chiedeva di che segno sono. Non è che ci credo tanto a questa storia dei segni. Se non me lo ricordava Maria, ogni tanto, il mio segno delle volte me lo scordavo. Però ultimamente Maria me lo ricordava in continuazione. Ogni volta che facevo qualcosa che non le andava bene, Maria sospirava: Certo che voi del Sagittario! e scuoteva la testa. Oppure: Del resto, sei pur sempre del Sagittario, purtroppo! e scuoteva la testa ancora di più. Oppure: Sei proprio del Sagittario! e si capiva che stava bocciando l'intera categoria dei Sagittario, tutti quanti in tutto l'universo, con una smorfia infelice che le usciva all'ingiù sulle labbra. Quello che non ho mai capito però è come mai: Sei proprio del Sagittario! si poteva usare anche al contrario, quando girava bene. Però in quei casi bisognava dirlo con le labbra all'insù. Per esempio una volta Maria mi aveva fatto vedere in una vetrina un paio di scarpe da ballo molto eleganti, tutte lucide, costosissime, le piacevano moltissimo. Aveva fissato le scarpe, poi si era girata verso di me in silenzio con due occhi grandi che volevano dire: Sì, lo so, però, ecco, vedi tu. Allora avevo risparmiato un pochino ogni giorno per tre mesi, poi gliele avevo regalate a sorpresa, non era nemmeno Natale o il suo compleanno. Quando aveva scartato il pacchetto si era messa tutte e due le mani sulla bocca, mi aveva guardato con gli occhi spalancati, poi aveva tirato un urlo che i vicini se lo ricordano ancora. Grazie, grazie, grazie! aveva urlato, e mi era saltata al collo in un abbraccio fortissimo. Tu sì che pensi a tutto, ti ricordi tutto! Sei proprio del Sagittario! aveva detto.

Un'altra volta invece l'aveva detto quando eravamo andati ad aiutare la sua cara amica Sandra con una mostra. Sandra non si chiamava davvero Sandra, si chiamava Carolina ma io la chiamavo Sandra perché aveva un caschetto biondo platino, portava degli occhiali fumé un po' vecchio stile, enormi, si capiva che pensava che era una cosa elegante portare quegli occhiali lì giorno e notte, che le davano una certa classe, altroché. E poi, si lamentava in continuazione. Aveva un fidanzato che non parlava mai, tranne quando grugniva, ogni tanto: Certo amore, come dici tu amore. Allora alle volte, quando eravamo da soli io e Maria, li chiamavo: Sandra e Raimondo. Maria mi guardava malissimo quando dicevo così, ma si capiva che scherzavo. La mostra era di arte contemporanea, che Sandra era un'artista d'avanguardia, ribelle, sociopolitica, diceva lei. Una sera Sandra aveva telefonato a casa: Ho un'idea che sembra fatta apposta per voi!, aveva trillato quando ho tirato su. Ti passo Maria, avevo risposto, che le idee di Sandra fatte apposta per noi, meglio di no. Invece Maria era stata un po' lì al telefono, poi aveva esclamato: Sei un genio, che onore, il tango all'inaugurazione, grazie! In che senso, ho detto a Maria dopo che aveva messo giù il telefono. Ha detto Sandra di non preoccuparsi, che pensa a tutto lei, poi ci spiega, mi ha risposto. Ha fatto una faccia che voleva dire: Chiuso il discorso. Non ho detto niente, che in effetti era un periodo che andava di moda mettere in mezzo il tango. Per esempio, poco tempo prima ci aveva chiamato un ristorante giapponese per lanciare le serate a tema tango. A me sembravano due cose che non c'entravano niente, il sushi e il tango, invece quelli del ristorante l'avevano chiamata: "Serata Fusion", ed era stato un successone. Lo chef si era persino inventato dei piatti speciali, sul menù avevo letto: Tempura milonguera. Io e Maria avevamo ballato stretti in mezzo ai tavoli tra una portata e l'altra. Ogni tanto volteggiando davamo dentro a qualche sedia, erano volati due o tre cappotti e un paio di bacchette, ma tolto questo tutto bene. La gente ci andava matta, ne avevamo fatte cinque o sei di serate così.

Intanto dalla telefonata di Sandra era passato un sacco di tempo, me n'ero anche dimenticato, poi un giorno Maria ha detto: Mancano due giorni alla mostra, Sandra ci aspetta domani sera per le prove. Quando siamo arrivati davanti a una specie di scantinato ho detto a Maria: Ma non era una galleria d'arte? Lei ha guardato di nuovo l'indirizzo che si era segnata, ha scrollato le spalle, è entrata. Sandra da dietro i suoi occhiali fumé enormi ci ha spiegato la sua idea geniale. Praticamente all'inaugurazione avrebbe fatto il suo discorso, poi a seguire: tango, canapè contemporanei fusion e visita guidata. Ci siamo messi un po' in disparte ad aspettare di fare le nostre prove, che eravamo in anticipo. C'era un gran casino, che Sandra aveva piazzato le sue amiche a fare le pulizie, mentre lei sistemava le sue opere d'arte. Una era una specie di palloncino a forma di cane, come quelli che i pagliacci fanno ai bambini, di gomma sottile, coperto di una colla nero petrolio. Sarà stato alto due metri, viscido, e sgusciava dappertutto nelle mani di Sandra. Raimondo se ne stava lì assieme a noi, dondolava sulle gambe, si passava le mani sulla giacca in continuazione, non capivo perché. Poi avevo alzato la testa, sul soffitto c'era una macchia scura, gocciolante, ogni tanto veniva giù qualcosa. Gli ho sussurrato: Guarda che forse c'è una perdita, e ho fatto segno verso l'alto. Ma lui niente, zitto muto impassibile, gli occhi fissi sul cagnone viscido. Dopo un po' aveva detto, serio serio: È la risposta sociopolitica a Jeff Koons, e Maria in silenzio aveva fatto di sì con la testa. Poi era andato in soccorso di Sandra, che non riusciva a mettere il cagnone per bene in un angolo.

Sandra naturalmente non si era tolta i suoi occhiali scuri nemmeno per un minuto, anche se c'era poca luce, e si lamentava di tutto. Più a sinistra, sbraitava. Un attimo dopo: Più a destra. A destra, ho detto! Poi faceva due passi indietro, ricominciava: Nooooo, non così! Più avanti! Ogni tanto alzava gli occhi al cielo dietro ai suoi occhiali vecchio stile, lasciava sfuggire un sospiro angosciato, sbottava: Basta! Basta! Raimondo un po' le dava retta, un po' cercava di sganciarsi, stremato. A guardarli mi godevo la scena, bevevo un bicchiere dopo l'altro per scaldarmi che c'era freddo, e Sandra all'arrivo ci aveva piazzato in mano due bicchieri di plastica e una bottiglia di vino rosso. A un certo punto, Raimondo deve aver stretto il cagnone un po' troppo forte. Gli è scoppiato di botto tra le mani, la colla similpetrolio è schizzata dappertutto, sul soffitto, per terra, sugli occhiali fumé. Sandra ha tirato un urlo straziante, si è messa a piangere disperata. Io invece, forse ero già un po' alticcio, sono scoppiato a ridere. Sandra si è voltata di scatto, ha bisbigliato qualcosa all'orecchio di Raimondo. Anche lui mi ha guardato zitto, gelido, poi sono andati via veloci nel retro dello scantinato. Maria è diventata pallida, tremava un po' con la bocca mezza aperta. Mi ha ringhiato all'orecchio: Cosa ridi, deficiente! Ha girato i tacchi, è andata veloce dietro a Sandra, chiamava: Carolina! Carolina! Mi ha mollato lì, con due o tre facce che mi fissavano zitte, i sorrisi a labbra strette delle amiche di Sandra che ridacchiavano, si davano di gomito. Allora ho sentito il sudore freddo giù per la schiena, le guance rosse. Ho guardato per terra, ho raccolto le mie cose da una sedia, la mia giacchetta, il mio marsupio. Dal retro sentivo Sandra che sbraitava, Raimondo che diceva: Amore, scherzava, è una tragedia, Maria che ripeteva: Vi prego vi prego vi prego. Allora me ne sono andato via zitto zitto, senza fare rumore. Il giorno dopo avevo dovuto stare attento, che a ripensare a cos'era successo un po' mi dispiaceva, un po' mi scappava di nuovo da ridere. Però mi dovevo trattenere, che invece Maria non rideva. Anzi, mi guardava male malissimo. Non mi aveva rivolto la parola dalla sera prima. Solo ogni tanto, mentre era in un'altra stanza, sbuffava e diceva forte: Che figura di merda! Poi, il silenzio. Avanti così per tutto il giorno. Alla sera avevo sentito che parlava al telefono con Sandra, diceva a voce alta: Devi scusarlo, ti giuro, non voleva. È che è proprio del Sagittario. Sono dei gran superficiali, dei gran maleducati, buoni a niente, proprio terra terra. Ogni tanto si affacciava in salotto, scuoteva la testa incollata al telefono, mi guardava storto, diceva: Hai ragione, hai ragionissima, ma non è cattivo, solo che è del Sagittario. Alla fine Sandra l'aveva perdonata, a Maria. Invece con me, se per caso mi incrociava per strada, guardava per terra, cambiava marciapiede subito immediatamente. Peccato, che anche io le avrei voluto dire: Hai ragionissima! Comunque alle sue mostre non ci eravamo dovuti andare mai più, per fortuna.

Mi scuoto, Erika è ancora lì che mi guarda, allora dico: Sagittario! Non so da dove mi esce questa voce allegra, non me l'aspettavo. Anzi, forse lo so. Voglio che dica: Allora sei proprio una persona sensibile, uno che pensa a tutto, che si ricorda tutto. E non che dica: Allora sei proprio superficiale, maleducato, buono a niente, terra terra, e delle volte chiami Sandra le donne un po' impettite che portano degli occhiali scuri giganti. Allora direi: Guarda che non è colpa mia se non se li toglieva mai quegli occhiali, le assomigliava tantissimo, era uguale! Invece Erika resta zitta, continua a scorrere il dito sulla pagina. Poi dice: Allora, sentiamo Paolo Fox cosa dice! Si schiarisce la gola, impugna la rivista con due mani, legge a voce alta: Giornate entusiasmanti. La Luna nel segno protegge le emozioni! Marte in ottimo aspetto per i single e per chi è alla ricerca di un nuovo lavoro. Fatevi avanti! Tira su lo sguardo, dice: Allora? Sembra buono, rispondo, ma non so se ci credo. Neanche io ci credo, ma cosa c'entra, risponde. Anzi, ci credo solo quando dice bene! e scoppia a ridere per un attimo. Non l'avevo mai vista ridere, ma è un attimo, torna subito a fissare la pagina seria seria. Adesso leggiamo il mio, dice. Aggrotta la fronte, poi legge a voce alta: Acquario. Venere è ancora opposta! Fino alla fine della settimana ci vuole la massima prudenza, evitate le liti con il partner e i familiari. Attenzione alle spese impreviste! Si gratta il mento con due dita, sospira: *Belin Nanni*, che già son *miscia*! C'è stato un periodo anni fa, che non l'avevo capito cosa vuol dire *Nanni*. Alla scuola di ballo dei poveri ce n'erano due o tre che quando andavano via dopo la lezione ci salutavano: Ciao, *Nanni!* sia a me che a Maria, e ci rimanevo sempre un po' confuso. Poi dopo un po' ho intuito che *Nanni* vuol dire tipo Zio, però più affettuoso, e che va bene sia per i maschi che per le femmine. *Miscia* invece vuol dire che sei un po' a secco di soldi. Allora facciamo che oggi non ci crediamo, a Paolo Fox! rispondo, e le esce un sorriso a fossette che secondo me non c'è Venere opposta che tenga. Poi picchietta il telefono sul tavolo, dice: Dai, vado a farmi la doccia, ti serve il bagno? ma non faccio nemmeno in tempo a dire sì o no, si è già alzata spedita verso il corridoio, ha sbattuto la porta del bagno. Mezz'ora dopo dal bagno è uscita una nuvola di profumo di bagnoschiuma al miele del discount che si sentiva anche dalla mia stanzetta, poi ancora mezz'ora e sento urlare dal fondo del corridoio: Ciao!, la porta di casa sbatte forte.

Da dove le viene la forza di sbattere le porte così, con quelle manine, penso, e mi rimetto a fare gli allungamenti delle gambe dentro la mia stanzetta. Che sì, d'accordo, lo yoga farà anche bene, ma adesso è proprio tanto tantissimo che non mi alleno davvero. Devo pur fare qualche passo da *tanguero*, in un modo o nell'altro. Allora forse potrei provare qualche sequenza da solo, se ci riesco. Stendo le braccia tese in orizzontale, stiro bene le dita, forse c'è abbastanza spazio. Forse ci sto appena, giusto giusto, basta che non faccio troppi giri, penso. Faccio ancora un po' di posto tra il letto, lo specchio, il muro. Metto su un po' di musica bassa voglio vedere cosa succede a provare allo specchio questo tango ai minimi termini. Inspiro, espiro, sciolgo le spalle, mi piazzo davanti allo specchio, a metà tra il letto e il muro. Juan D'Arenzio attacca *La Cumparsita*, mi metto in posa, testa alta, sguardo fiero, fisso lo specchio, punta del piede destro tesa all'indietro sul tacco sinistro. Juan canta più forte, mi curvo in avanti, stringo piano le braccia intorno a una Maria invisibile, faccio un mezzo giro d'ordinanza, veloce sul tacco. Inspiro, trattengo il fiato, chiudo gli occhi. Maria si muove sicura nel mio abbraccio. Mi stringe forte la mano, solleva una gamba, poi incrocia piano la sua caviglia minuscola intorno alla mia. Si allunga leggera su di me, appoggia i suoi capelli profumati sulla mia spalla. Volteggiamo sempre più stretti, sempre più veloci, la sua mano sicura dentro la mia. Juan canta: *Conservo aquel cariño que tuve para ti!* Volteggiamo a occhi chiusi ancora una volta, due volte, all'indietro, veloci, velocissimi.

Poi in un attimo, di colpo, bum! Una botta secca contro lo spigolo dell'armadietto. È tutto nero. Una scossa elettrica dentro il cervello, fortissima tra le spalle, giù per la spina dorsale. Guardo il soffitto a bocca aperta, gli occhi spalancati, immobile. Sono caduto di spalle sul letto. Mi tocco piano la testa dove ho sbattuto, tasto le vene che pulsano impazzite sul collo. Da qualche parte Juan canta: *Nadie quiere consolarme en mi aflicción!* Passa un tempo lunghissimo, stringo con le mani il bordo freddo del letto. Piano, pianissimo mi tiro su a sedere. Nello specchio c'è uno con gli occhi lucidi, la testa dolorante piegata da un lato. Con una mano si accarezza piano dietro un orecchio. Ha addosso i pantaloni del pigiama a scacchi rossi e blu, scarpe da ballo nere, lucide, una maglietta verde pisello con su scritto: «ASSOCIAZIONE POLISPORTIVA STURLA-SAN MARTINO-BORGORATTI». Allungo la mano sul telefono, spengo la musica, mi stendo di nuovo a pancia in su. Silenzio. Ripenso a Maria, ai tacchi lucidi, al Ciuffo. Mi fa male la testa, il cuore ci picchia dentro fortissimo. Bum bum bum! Socchiudo gli occhi, picchio piano un pugno sul letto, dico: Guarda che non è il momento cuore, pensaci bene. Allora il cuore si zittisce un minuto, poi gli esce un borbottio dentro l'orecchio, dice con questa voce timida: *Oscar! Ho bisogno d'amore e di un po' di verità!* Mi schiaccio il cuscino sulla faccia con i pugni stretti. Non lo so cosa mi prende, so solo che voglio restare lì a morire soffocato a occhi chiusi, le lacrime dentro agli occhi, le unghie ficcate dentro al cuscino.

4
Poi non so quanto tempo passa

Poi non so quanto tempo passa. So solo che a un certo punto sento: ping! Cerco il telefono: messaggio. Vieni a mangiare alle 2,30 qui tutti per italiano ciao Carlos. Resto lì zitto un minuto a fissare il messaggio, a cercare di decifrare cosa vuol dire. Poi subito di nuovo, ping! Bar Rio Carioca Sampierdarena. Inspiro, espiro, rimango lì con la mano sulla testa a fissare il telefono, i gomiti piantati sulle ginocchia dentro gli scacchi rossi e blu del pigiama. Penso: Marte in ottimo aspetto, nuovo lavoro, chissà. Guardo l'ora, ho tutto il tempo di sciacquarmi la faccia, vestirmi, capire chi sono dove sono dove devo andare, mettermi in sella alla mia biciclettina. Pesto sui pedali in direzione Bar Rio Carioca, sfioro di pochissimo i camion con la testa che mi fa ancora male, ma poco. Arrivo, lego la bicicletta a un palo, mi guardo intorno, c'è un'insegna: «BAR TAVOLA CALDA RIO CARIOCA». Appesa al vetro della porta c'è una lavagnetta di plastica bianca, c'è scritto col pennarello rosso: «OGGI: MINESTRONE. LASAGNE. TORTA DI RISO». È pienissimo ma Carlos da dentro mi vede entrare, si fa largo tra i tavoli, mi viene incontro allegro, dice: Ciao, vieni, vieni che ti presento i miei amici! Mi trascina tra i tavoli, sposta una sedia, mi fa sedere. Siamo in sei, tutti uomini. Dice più forte: Tieni, tieni, prendi da bere! e mi mette in mano mezzo bicchiere di Coca-Cola. Intorno al tavolo quattro paia di occhi mi guardano fermi immobili senza dire niente, chissà cosa pensano, vai a sapere cosa gli ha raccontato Carlos di me. Meno male che almeno uno sorride, dice piano: Salute, e solleva un po' il bicchiere di plastica verso di me. Allora anche gli altri si sciolgono nelle spalle, dentro le sedie, mandano giù un sorso. Carlos ripete: Salute, salute! mentre si guarda intorno. Indica col dito intorno uno per uno, dice: Oscar, Pablo, Salim, Antonio, Mohammed. E Carlos! punta il dito verso la sua faccia, ridono tutti.

Quello che si chiama Pablo è seduto di fianco a me. Mi guarda fisso con due occhi verdi, dice: Allora sei tu il maestro di italiano? Tossisco di colpo dentro al bicchiere, mi scappa un po' da ridere, penso: Ecco cosa gli ha raccontato Carlos. Non faccio neanche in tempo a mandare giù che Carlos già dice: È lui, è lui, diglielo Oscar! Il nostro, di maestro, fa schifo, dice Pablo, e sento le guance che diventano rosse, mi bruciano sotto gli occhi che mi fissano. Tossisco un'altra volta: Ma no, ma che maestro. È Carlos che è bravo, e lo guardo da sotto in su in un modo che vuol dire: Ma cosa sei andato a raccontare? Allora quello che si chiama Salim mi fissa con due occhi torvi, si vede che non gli è piaciuto come ho risposto. Dice: Ma se ha detto Carlos che ci insegnavi anche a noi! È vero o no, Carlos? Lo dice con una voce che non si discute, una voce di quelle che è meglio che non fai il furbo, e dà dentro col gomito a Carlos che fa di sì con la testa e affonda il naso dentro al bicchiere. Poi lo mette giù cauto, mi guarda con una faccia che vuol dire: Basta così, non rovinare tutto. Salim mi guarda, dice: Allora siamo d'accordo, Oscar, o no? Cinque teste annuiscono piano, mi guardano zitti con gli occhi socchiusi, un po' nervosi, che forse non ci credono più tanto a quello che racconta Carlos.

Sono finito dentro una specie di agguato, siamo rovinati, penso. Fisso la torta di riso nel piatto di Pablo, è bassa, unta, un po' bruciata da un lato. Mica gratis, eh! dice quello che si chiama Mohammed. Allora inspiro, penso a Paolo Fox, a Marte in ottimo aspetto, a: Fatevi avanti! Mando giù la tosse, guardo Salim, sussurro: Ma sì, dai, siamo d'accordo, qualcosa possiamo fare. Sorridono tutti, tranne Salim che continua a guardarmi un po' storto, si vede che non è convinto. Fanno di sì con la testa, si rimettono ad armeggiare con le posate dentro ai piatti di plastica. Carlos si guarda intorno soddisfatto. Da dietro il banco esce un ragazzo, non mi guarda, dice asciutto: Minestrone finito! C'è rimasto torta di riso, lasagne al ragù, focaccia al formaggio. Dico: Lasagne, grazie, ma lui è già di spalle che ritira il piatto sporco di Carlos e due lattine di Coca-Cola vuote. Poi guarda per terra, ripete: Lasagne! mentre si chiude la porta della cucina alle spalle. Però, si vede che han proprio voglia di chiacchierare qui al Bar Rio Carioca, penso.

Allora, quando iniziamo? dice Mohammed, e si infila un cucchiaio di minestrone in bocca. Carlos gli va dietro, dice: Che fra un po' c'è l'esame, per quello. Arrivano le lasagne, un quadratone rosso e spesso che fuma e scivola dentro al sugo. Il ragazzo me lo sbatte in silenzio davanti, con due posate minuscole avvolte nel tovagliolo. Penso: Sempre più gentile, proprio. L'Amico di tutti, questo qui, lo licenzierebbe subito immediatamente. Be', vediamo, dico e guardo Carlos, che ormai mi aspetto di tutto. Voglio che dica: Ma no, dai, figurati, cominciamo tra un mese o due, quando hai tempo, quando sei pronto, non c'è fretta. Allora risponderei: Va bene, datemi giusto il tempo di prepararmi, facciamo fra due mesi, anche tre. Poi mangerei in tre bocconi con la testa dentro al piatto, mi alzerei, direi: Scusate, e scapperei via velocissimo sulla mia biciclettina. Invece Carlos dice: Avevamo pensato domani sera, mi han detto c'è una sala libera per un'oretta, giù al laboratorio sociale. Il laboratorio sociale dev'essere quello che aveva nominato Luis, dove ci fanno i corsi, le cene solidali. Rimango zitto con un boccone di lasagna infilzato a mezz'aria, poi metto in bocca, mastico, mando giù lasagne, sugo, ansia. Intorno al tavolo non parla nessuno, però si guardano tra loro con la coda dell'occhio, fanno delle facce che si capisce che sono già tutti d'accordo. Mica gratis, eh! ripete Mohammed, e butta giù un altro cucchiaio di minestrone, poi resta lì a fare avanti e indietro col cucchiaio dentro al piatto.

Incrocio lo sguardo buono di Mohammed, dico: No, no, ma non è mica per quello. Metto giù la forchetta, ho la gola secca, tossisco. È che così di corsa non sono preparato, secondo me, dico. Guardo giù nel piatto, per un attimo penso a Carlos in cucina che ride, dice: Tutto grazie a te!, a noi due che brindiamo nella luce gialla del neon. Passa un minuto lunghissimo. Espiro, dico: Però vabbè, magari domani sera facciamo una prova, poi vediamo. A Mohammed gli brillano gli occhi, Carlos annuisce soddisfatto, poi si guarda intorno: Allora mi raccomando, domani sera alle nove puntuali! e tutti masticano e fanno di sì con la testa. Poi finiamo le lasagne, il minestrone, le lattine di birra e di Coca-Cola, il ragazzo dietro al banco ci fa il conto. Faccio per tirare fuori il portafoglio, ma Carlos mi ferma la mano, vuol dire: Faccio io. Sento le guance rosse, non me l'aspettavo. Dico: No, dai, però si sente che voglio dire: Grazie, che non ce li ho. Ci salutiamo sulla porta con delle pacche sulle spalle, si sente che sono sincere, mica come quelle dell'Amico di tutti. Li guardo da dietro mentre vanno via, hanno già quasi girato l'angolo, poi per un attimo Salim si gira, mi guarda in un modo che vuol dire: Ci siamo capiti, e sparisce con i suoi passi lunghi nel traffico grigio di Sampierdarena.

Qualcosa mi devo inventare, penso, e schivo veloce i camion in discesa verso il porto. C'è questo vento che viene su dal mare, si infila nella felpa, mi fa quasi sudare. Sono quasi arrivato, mi fermo, inizia la salita. Devo farla a piedi, che è tutto troppo stretto, troppo ripido. Scendo, inizio a spingere la bicicletta, sento questo profumo caldo e dolce nell'aria. Su una lavagnetta nera, appesa sulla porta a vetri di un bar, c'è scritto con il gesso bianco: «TÈ DOLCE ALLA MENTA 1,50», e poi qualcosa in arabo, credo. Mi viene in mente Luis, quando dice: Come fate a stare al mondo senza zucchero, senza latte. Allora penso: Quasi quasi, e lego la bici al palo davanti al bar. Sposto con la mano la tenda sulla porta, è fatta di quei fili lunghi di perline colorate che si uniscono in un disegno di palmizi, e fanno un fruscio leggero quando li sposti. Entro, c'è poca gente, la radio spara forte una canzone con parole sconosciute, araba, indiana forse. Dietro al bancone c'è un anziano con la barba, la testa gli ondeggia piano al suono della musica mentre asciuga qualcosa con un panno. Ha un berretto di maglia rotondo schiacciato sulla testa, un vestito di cotone azzurro di quelli con i bottoni fino al collo, tutto di un pezzo, un po' stretto sulla pancia. Si ferma, mi guarda serio, dice: Buongiorno, e quando mi appoggio al bancone: Dimmi. Un tè alla menta, dico, e lui mi fa cenno di sedermi a uno dei tavolini. Siediti che te lo porto, dice, ha una voce gentile, obbedisco. Il bar è lungo e stretto, il bancone da un lato e quattro tavolini dall'altro, appoggiati in fila alla parete con le loro sedie di plastica. Dal fondo del bancone sale un odore di tè, di fritto e di menta. Non c'è quasi nessuno, solo due ragazzi all'ultimo tavolino in fondo, ogni tanto ridono e fissano qualcosa sullo schermo dei telefonini.

Passano dieci minuti, arriva il tè. L'anziano di prima mette un sottopentola rotondo di sughero sul tavolino, poi ci appoggia sopra una teiera argentata, di quelle all'antica col beccuccio sottile. Mi mette davanti un piattino e un bicchierino basso, col bordo dorato, un po' sbeccato da un lato. Mi fa segno con la mano con il palmo aperto, come per dire: Aspetta, aspetta, e se ne sta lì zitto a fissare la teiera finché il vapore sale lento su dal beccuccio, poi sempre più lento, poi non sale più. Allora solleva la teiera alta sopra la testa, un filo di tè dorato inizia a scendere nel bicchierino, schizza sul piattino, l'odore della menta si sparge tutto intorno. Mi piace questo profumo caldo di menta, di zucchero, questa luce polverosa che viene su dal porto. Penso: Sì va bene, poi ci pensiamo a cosa ci racconto domani a Carlos, Mohammed e Salim. Intanto stiamo bene al mondo cinque minuti. Cinque minuti con il mio tè molto zuccherato da un euro e cinquanta. Cinque minuti con questa cantilena arabo-indiana dentro le orecchie. Soffio appena sul tè ma è bollente, tocca aspettare. Allora mi rilasso mi carezzo la testa dove ho sbattuto stamattina, cerco il bozzo con le dita. Ci metto un po', quasi non lo trovo, penso: Vedi che non ti sei fatto niente, altro che le lagne che facevi dentro al cuscino.

Sono lì a passarmi le mani dietro le orecchie, dal bancone arriva una voce bassa, dice: Ti sei fatto male? Mi scuoto, lo guardo, non mi ero mica accorto che mi stava fissando da dietro al bancone. No, macché, niente di grave, dico, e tolgo le mani dalla testa. Qui non sono mica come al Rio Carioca, penso. Per qualche motivo mi viene quasi voglia di fare conversazione anche a me, anche se lo so che non sono capace. Ho sbattuto la testa qui, dico, e faccio segno con il dito. Ma niente di che, aggiungo, e mentre dico così lui è già uscito dal bancone, si è avvicinato al tavolino, piega la testa di lato per vedere meglio dove sto facendo segno. Eh sì, dice, un po' si vede, quando tolgo le dita dal bozzo. Scuote la testa, dice: E come ti sei *imbelinato*, a sbattere la testa proprio lì? Dice proprio così: *imbelinato*, che vuol dire: 'inciampato', 'caduto', e a me viene un po' da ridere, non me l'aspettavo da uno così. Allora penso: Che stronzo che sei, perché tu puoi sapere cosa vuol dire *imbelinato*, e lui no? Aspetta, questa la so, penso: È che sei proprio del Sagittario! mi dico, e mi scappa da ridere.

Insomma tra una balla e l'altra si siede al tavolo con me. Tanto a quest'ora non entra nessuno, dice. Mi racconta che si chiama Faris, che è alla Maddalena da tanto tempo. Tutta la vita, *belin*! dice, e ride con la testa all'indietro, il berretto gli balla un po' sulla testa. Poi tira fuori da dietro al bancone un altro bicchierino da tè, e a sorpresa anche un piattino con quattro o cinque dolcetti colorati con le nocciole dentro, carichi di miele. Lo spinge verso di me, dice: Tieni, che con questi ti passa tutto, *inshallah*! Restiamo lì al tavolino a bere il tè a mangiare i dolcetti. Ogni tanto quando metto nel tè un angolo di dolcetto, Faris mi guarda serio serio e dice: È già dolce! *Haram!* Proibito!, ma si capisce che scherza. Mi racconta che a Genova c'è arrivato dalla Tunisia da giovane e poi non è andato più via, ha sposato una tunisina emigrata anche lei, fatto quattro figli, uno è quello al tavolino in fondo. Infatti ogni tanto entra qualcuno, Faris dice: Karim! e il ragazzo si alza, trascina i piedi dietro al bancone, fa un caffè, poi torna al tavolino a stare dietro al suo telefono. La moglie l'anno scorso se n'è tornata in Tunisia, lui è rimasto qui. Ma stiamo bene così, dice, e manda giù il tè, dà un altro morso che gronda miele. Io invece sono nuovo, alla Maddalena, gli dico, e Faris mi risponde: Be', si capiva. Ci rimango quasi male, quando dice così. Cosa vuol dire che si capiva, gli chiedo, ho un tono un po' permaloso. *Belin*, guarda dove hai lasciato la bicicletta, che se non ci penso io ce ne ritrovi tre! ride. In effetti l'avevo notato che ogni tanto guardava fuori, si vede che la stava tenendo d'occhio. E poi qui conosco tutti, dice, e si picchietta con un dito l'angolo dell'occhio, vuol dire: Ne so qualcosa, io. Poi di colpo si alza, dice: Vieni, vieni, e si avvia verso la porta. Rimane un attimo lì in mezzo con la tendina di perline stretta nella mano. Karim! dice, e il ragazzo tira su la testa dal telefono, va dietro al bancone, fa un cenno col mento all'insù, come a dire: Andate, andate.

Seguo Faris in strada, mi fa: Prendi la bicicletta che andiamo, e si gira verso la salitina che dal porto va su fino a San Lorenzo. Slego la bicicletta veloce, me la tiro dietro con una mano. Saliamo pian piano su per i caruggi, Faris da un lato, io con la mia biciclettina dall'altro. Ogni due minuti qualcuno lo chiama da dentro ai negozi, dicono: Faris! e lui si ferma, sorride, fa un cenno di saluto, poi indica me, dice: Mio amico! e riparte. In cinquecento metri ci saremo fermati dieci volte, Faris è una specie di celebrità dei caruggi, conosce tutti, tutti lo conoscono. Penso: Ma guarda te chi sono andato a pescare, l'Amico di tutti versione Maddalena. Ogni tanto si ferma un minuto di più, oltre a: Mio amico! dice: Oscar! e mi batte una mano sulla spalla prima di andare avanti. Passiamo davanti a barbieri ecuadoriani, panifici genovesi, cinesi Tutto a un euro, macellerie halal, e ogni tanto anche un bar fighetto con una scritta svolazzante sulla lavagna che dice: «STREET FOOD», ma in quei casi Faris tira dritto veloce senza fermarsi. Arriviamo fin sotto casa, gli dico: Grazie Faris, stai bene, mi risponde: Torna a trovarmi, *inshallah*, mi batte una mano sulla spalla, se ne va via nel suo vestito azzurro stretto sulla pancia dentro il buio che sale piano per i caruggi.

Quando sono a casa entro in cucina, *Andiamo!* è

sempre lì sul tavolo: tocca inventarsi qualcosa, per forza. Non lo so cosa gli racconto, domani. Allora posso iniziare a leggere gli esercizi, vedere dove sono arrivati, inventarmene qualcuno nuovo, forse. Prendo *Andiamo!* in mano, lo sfoglio due minuti, poi lo mollo di nuovo sul tavolo. Fisso la tovaglia cinese, leggo: Cigliegie, dico: Ci pensiamo tra cinque minuti, che mi fa male la testa. Cinque minuti nel mio lettino a poggiare la testa, a chiudere gli occhi, poi vediamo. Mi vado a sedere sul letto, le scarpe da ballo sono ancora lì per terra, tra il letto e lo specchio. Prendo in mano la scarpa sinistra, sfioro piano la pelle nera, è fredda e morbida sotto le dita. Così ti ricordi meglio, diceva Maria, e mi pestava il piede sinistro con il suo tacco minuscolo quando sbagliavo qualche passo, e rideva. Rimango lì seduto a passarmi la scarpa da una mano all'altra, gli occhi chiusi, le labbra strette. Poi per un attimo penso a Faris che dice: Ma stiamo bene così, a Salim che si gira a guardarmi storto, a Maria che dice: Non sei buono a niente! Mi sento questo gorgoglio dentro lo stomaco. Vedrai che ci si mette anche il cuore, adesso, penso, e subito mi parte un bum bum bum fortissimo dentro l'orecchio. Cuore, non lo vedi che non ho tempo, che devo inventarmi una lezione, sussurro. Il cuore rimane lì zitto un minuto, non sa cosa dire. Silenzio. Inspiro, espiro, inspiro. Tanto lo so che non molla. Fa due o tre bum bum più forti, poi dice: *Non ti lasciare convincere, che nessun altro può scegliere!* Stringo di nuovo le dita intorno alla scarpa, scuoto la testa. Non è così, cuore, non è come dici tu, penso. Ma nemmeno mi lascia finire, esplode di bum bum bum, poi urla: *Non ti distrarre perché, la vita è tua!* Scuoto la testa, pianto i gomiti fortissimo sulle ginocchia, dico: Basta, basta! La scarpa mi cade dalle mani, il tacco squadrato, pesante fa bam! sul pavimento. Il cuore si spaventa, si vede che non se l'aspettava. Silenzio. Cuore, potrò fare un piacere a Carlos, o no? dico a voce alta, schiaccio le dita dentro alle orecchie. Ma il cuore sta zitto, non mi risponde. Poi picchia una volta piano, un bum solitario. Mi alzo, raccolgo le scarpe da terra. Quando le chiudo nell'armadietto la chiave fa tlac tlac tlac, sento un bum minuscolo. Torno in cucina, penso: Un bicchiere d'acqua fredda. Un bicchiere d'acqua fredda e basta, basta così. Mando giù un sorso, due sorsi, poi mi rimetto seduto al tavolo con la testa dentro *Andiamo!*

Cerco degli esercizi già fatti, potrei farglieli rifare, penso. Sono a pagina venti, c'è scritto: «IL PREDICATO VERBALE E NOMINALE». Questo lo avevamo fatto alle elementari, mi ricordo. Quando erano arrivati in Argentina, i miei bisnonni non lo parlavano lo spagnolo. Parlavano come si parlava dalle loro parti, un misto dei poveri un po' italiano un po' piemontese, che loro ci erano andati poco a scuola. Questo misto lo avevano insegnato anche a mio nonno. Me lo aveva raccontato mia mamma, dopo. Allora il nonno aveva imparato questo italiano di seconda mano, era molto orgoglioso che lui parlava italiano. Era anche pesante dopo un po', specialmente dopo che aveva bevuto, gli partiva una chiacchiera che voleva parlare solo italiano, mia mamma scuoteva la testa, faceva finta di non capire, diceva: *No te entiendo!* Che il nonno in effetti quando ci aveva dato un po' troppo dentro alle volte oltre alla chiacchiera gli partiva la ciucca triste, diceva delle cose che non si capivano tanto, tipo che, se per caso gli veniva il *morbo di Pakistan* come a sua madre di tirargli un colpo, che lui non voleva morire così. Me lo ricordo, alla domenica, in campagna. Si alzava da tavola dopo mangiato, tirava fuori la fisarmonica, e attaccava. Me lo ricordo che rideva forte, le guance rosse, cantava: *Teresina embriagona, poca voia de lavorar!* Allora ridevano tutti, tranne mia mamma che si chiamava Teresa un po' si vergognava, diceva sottovoce al nonno: Basta, basta, *pagiass*! ma lui cantava, rideva, batteva le mani, ogni tanto metteva giù la fisarmonica mi faceva saltare sulle ginocchia.

Era fissato mio nonno, con questa storia dell'italiano. Aveva tanto insistito quando ero nato, che dovevo mangiare italiano, parlare italiano, andare alla scuola italiana. Allora mia mamma gli aveva detto: La paghi tu? Che la scuola italiana era una scuola di lusso, con le suore con i veli e i bambini tutti uguali nei loro grembiulini bianchi e neri, i capelli tagliati a scodella. Allora il nonno si era messo a fare due lavori, uno di giorno uno di notte, pur di mandarmi alla scuola italiana. Solo che non so come mai, sulle suore alla scuola italiana erano andati un po' al risparmio, forse. Ci avevano messo le suore argentine, non italiane, a insegnare l'italiano nella scuola italiana. Le suore anche loro parlavano questo italiano dei poveri, forse l'avevano imparato a casa, si vede che anche a loro glielo avevano insegnato di seconda mano. La mia suora delle elementari si chiamava Irene, era giovane, un po' argentina un po' italiana un po' spagnola, ci insegnava le canzoni della messa tipo: *Resta con noi*, *Dov'è carità e amore*, *Il tuo popolo in cammino* eccetera.

L'avevo anche rivista, vent'anni dopo, una volta. Mi aveva chiesto: Ma voi ve n'eravate accorti che io l'italiano non lo parlavo, che lo stavo imparando anche io? Forse qualcuno se n'era accorto, le avevo risposto, in effetti. Non volevo mortificarla, però mi ricordo una domenica, avrò avuto sette anni, il nonno a capotavola. Mi aveva fatto alzare in piedi dopo mangiato, aveva detto: Oscar, fai sentire a tutti come hai imparato bene l'italiano. Allora si erano girati tutti a guardare verso di me, mamma papà fratelli zii cugini nipoti, aspettavano. Io non sapevo cosa dire, sentivo le guance rosse, guardavo il nonno, pensavo: No, no, no. Invece il nonno insisteva, diceva: Dai, Oscar, dai. Una cosa facile, dai. Ci avevo pensato un po', poi all'orecchio gli avevo detto: Va bene il verbo avere?, che il giorno prima lo avevamo ripetuto insieme a suor Irene. Il nonno mi aveva stretto il braccio intorno alle spalle, aveva detto: Va bene, sentiamo il verbo avere. Si era girato verso la tavolata, aveva annunciato: Siete pronti? Oscar adesso ci dice il verbo avere. Io avevo alzato la testa, guardavo fisso in avanti, poi avevo iniziato: Verbo avere presente indicativo! Poi avevo detto più forte, con tutto il fiato: Io tengo, tu tieni, egli tiene! Allora, non so perché, si era zittita tutta la tavolata. Poi di colpo erano scoppiati tutti a ridere, non la finivano più. Io ero rimasto zitto, la bocca aperta, le guance caldissime, guardavo il nonno. Era diventato rosso anche lui, un po' rideva e un po' mi guardava con gli occhi spalancati. Allora mi aveva dato una pacca sul sedere, ma piano, mi aveva detto: Va bene, bravo, basta così, vai, vai a giocare. Ero scappato via che mi veniva da piangere, a tavola ridevano ancora tutti.

Allora mia mamma mi ha raccontato che il giorno dopo il nonno si era messo la giacca la cravatta e il cappello buono era andato a scuola a protestare, che lui faceva due lavori per farmi imparare l'italiano di lusso e io proclamavo: Io tengo tu tieni egli tiene. Poi non lo so com'era andata a finire, so solo che suor Irene non mi accompagnava più fuori all'uscita della scuola quando c'era mio nonno ad aspettarmi. Lei lo guardava da lontano, mi lasciava lì un po' prima del portone e diceva: Vai, vai. Comunque era finita che ci avevo fatto tutte le classi dai sei fino ai diciotto anni, alla scuola italiana. Suor Irene dopo un po' non si era più vista, c'ero rimasto male.

Intanto eravamo passati ai preti, dopo le elementari. C'era quello di italiano storia geografia, Padre Miguel, che ogni tanto al pomeriggio giocava un po' con noi, quando si tirava su la sottana era fortissimo a calcio. Ma soprattutto mi piaceva che ci faceva sentire delle cose nuovissime, di lusso: tutti i dischi originali di Sanremo, che non so come faceva ad averceli. Diceva che era per farci imparare l'italiano, ma si capiva che era una scusa, che gli piacevano anche a lui le canzoni di Sanremo. Anche quelle che mi facevano un po' schifo erano sempre meglio dell'*Uva fogarina* di mio nonno e di *Dov'è carità e amore* e *Il tuo popolo in cammino*, in effetti. Insomma alla fine, in un modo o nell'altro, dopo tanti anni l'avevo imparato abbastanza bene l'italiano, credo, e sapevo a memoria tutte le canzoni che avevano vinto Sanremo, e anche qualcuna delle altre che non avevano vinto. Peccato che non ci potevo più fare dei discorsi in italiano con mio nonno, che gli era venuto davvero, il *morbo di Pakistan*. Alla fine non parlava quasi più, non mi riconosceva. Solo ogni tanto si svegliava, guardava il soffitto, cantava sottovoce, mi chiamava Teresina anche a me.

5
Mi sono messo anche i pantaloni stirati per l'occasione

Il giorno dopo sono al laboratorio sociale, in anticipo alle nove meno dieci, mi sono messo anche i pantaloni stirati per l'occasione, penso: Le cose fatte bene, e mi viene un po' da piangere. Alla fine non ho preparato quasi niente, ho deciso che stasera qualcosa mi inventerò, vediamo cosa viene fuori. Piano piano arrivano tutti, Carlos è l'ultimo, suona il campanello, dice dentro il citofono: Ripetizioni! e mi guarda. Entriamo, il laboratorio è un corridoio azzurro e bianco e quattro stanze, un movimento veloce di ragazze che entrano ed escono veloci con dei tappetini sotto il braccio, di voci che ridono forte dietro le porte blu socchiuse. Ci viene incontro questo ragazzo con la barba, Carlos dice: Ernesto! e lui allarga le braccia, dice: Vi aspettavo. Ci fa entrare in questo stanzone, ci sono gli appendiabiti lungo il muro, e poi due tavoli grandi, bianchi, una lavagna appesa con i pennarelli rossi e blu, il neon basso. Resto lì in piedi un minuto, poi Carlos mi prende lo zaino, dice: Dammi, dammi. Ernesto ci fa segno con il dito davanti alla bocca, dice: Piano eh, che di là stan facendo l'ikebana! e si chiude la porta dietro le spalle. Mi guardo intorno, stringo le mani nelle tasche, in un attimo sono tutti già seduti al tavolo. Penso a mio nonno, a Sanremo, alle scarpe da ballo lasciate lì vicino al muro. Guardo la porta chiusa, poi guardo Salim. È lì che giocherella con il tappo della Bic, uno di quelli di plastica blu. Lo piega un po' più forte, l'asticella del tappo si spezza in due. Inspiro, espiro, mi metto seduto vicino a Carlos, dico: Vabbè, proviamo.

Due ore dopo siamo al tavolo della cucina con Luis, due dita di birra gelata in fondo ai bicchieri. È andata bene, dice Carlos, sei contento? e mi guarda da sotto in su, si vede che non si azzarda. Non so cosa dire, penso: Non lo so, se sono contento. So solo che ho le dita blu, che si vede che mi perdeva la penna. So solo che siamo stati bene, un'oretta, a leggere pianissimo con il dito sotto le parole, a ripetere a voce alta, però piano che di là facevano ikebana. So che quando gli ho detto a Mohammed: Dai, dai che lo sai, pensaci un attimo, lo abbiamo appena detto come si fa, lui si è messo a mordere il tappo della penna, a rileggere le cose sulla lavagna. Poi quando l'ha scritto giusto il plurale di camicia, di ciliegia e di pancia era contentissimo. Però lo guardo da dietro il bicchiere e non so cosa dirgli, a Carlos. Finisco l'ultimo sorso, dico: Dai che è tardi, Carlos, andiamo a dormire. Si vede che ci rimane un po' male, dice: Vabbè, secondo me è andata benissimo. Sorride. Pure Salim l'ha detto, quando uscivamo mi ha preso da parte, mi ha detto che avevo ragione, che eri bravo. Sento le guance rosse, metto giù il bicchiere. Carlos sorride di nuovo, dice: Vabbè, buonanotte, e in un attimo sparisce nel corridoio, e dopo siamo tutti e due al buio nella nostra stanzetta a guardare il soffitto. Carlos si addormenta subito e russa e fischia, invece io resto lì con gli occhi spalancati. Mi viene in mente Maria che ride e mi pesta il piede, le scarpe da ballo chiuse nell'armadietto. Penso: Sì va bene, siamo d'accordo, tutto quello che vuoi. Però intanto un'ora trentacinque euro. Un'ora a leggere con il dito a spiegare come si scrive il plurale di camicia non è male, trentacinque euro. Poi, siamo rimasti che ci rivediamo fra quattro giorni. Trentacinque euro, ci escono un tè alla menta con Nina, forse anche due pizze, chissà. Il cuore fa un altro bum leggerissimo dentro l'orecchio. Però stasera, dico, stasera mi sa che è troppo anche per te, cuore. Chiudo gli occhi, mi rigiro due o tre volte nel letto, crollo.

Mi sveglio al mattino con questo peso dentro la testa, ho fatto dei sogni strani: l'Amico di tutti, Mike, Giovanni in mutande che suona il gong indonesiano. Dico: Sì va bene di notte, però adesso andate via dalla mia testa, che mi sono svegliato, cosa ci fate ancora qua? Invece no, questi pensieri prendono tutto lo spazio sopra il collo, in mezzo alle orecchie, sotto il bozzo sulla mia testa, non se ne vanno più neanche quando scuoto la testa su e giù nell'acqua fredda dentro il lavandino, mi faccio il caffè, la doccia, la barba. Allora penso che potrei andare a fare un giro con la mia biciclettina, che forse in discesa con l'aria dentro le orecchie se ne vanno via, questi pensieri fastidiosi. Oppure potrei mandare un messaggio a Nina, mi viene questa illuminazione. Quando questo pensiero del messaggio per Nina si accende dentro la mia testa scaccia tutti gli altri. È un pensiero che si agita e prende tutto lo spazio tra le orecchie, e anche più su, diciamo sotto la calotta cranica, se si chiama così, e l'Amico di tutti e Mike e Giovanni e il gong spariscono subito immediatamente. Si vede che con il pensiero di Nina non vanno d'accordo. Allora prendo il telefono, penso al messaggio da scrivere. Ce ne sarebbero tante, di cose che vorrei scriverle, che non lo so. Per esempio potrei scrivere questo messaggio: Ciao Nina, mi piace molto quando muovi i capelli nella tua coda di cavallo, sarebbe bello se non fossi molto occupata e uscissi con me e potremmo andare a mangiare la pizza e tu muoveresti la tua coda di capelli a destra e a sinistra e io ti guarderei e sarei molto felice, non riuscirei neanche a mangiare la pizza dalla felicità dall'imbarazzo, che considerando che la pizza mi piace moltissimo sarebbe abbastanza incredibile. Oppure potrei scrivere questo messaggio: Ciao Nina, mi piace molto quando sorridi e guardi per terra che quando mi saluti si capisce che è una scusa, e invece ti fa piacere che mi hai visto, allora forse se non sei molto occupata potremmo andare a prendere un caffè e se vuoi facciamo finta che mi hai incontrato per caso, sarei molto felice ti assicuro farei finta benissimo, se ti fa piacere, che mi hai incontrato per caso, ecco cosa potrei scrivere. Oppure potrei scrivere: Ciao Nina, ti ricordi quando hai messo la tua mano sopra la mia per un attimo quando eravamo seduti sulla panchetta, volevo chiederti se scherzavi? Perché se scherzavi ci rimarrei molto male, però capirei benissimo, non ti preoccupare, ma se per caso, per una coincidenza strana che delle volte non si sa mai, non scherzavi, allora magari potremmo andare a mangiare una pizza così potresti mettere la mano sopra la mia con calma, per esempio quando appoggio la mano sulla tovaglia potrebbe essere un buon momento, ma si fa per dire, puoi appoggiarla quando vuoi la tua mano sopra la mia, per tutto il tempo che vuoi, ci mancherebbe, ecco cosa potrei scriverle nel messaggio. Invece scrivo: Ciao Nina, come va? Io bene. Schiaccio: Invio, aspetto un minuto, nessuna risposta.

Passo due ore così, ciondolo avanti e indietro dalla mia stanzetta alla cucina, ogni tanto guardo il telefono, controllo se prende. Prende benissimo, sempre. Nessuna risposta. Poi mentre sono lì che leggo *Andiamo!* e mi invento delle frasi da far tradurre la prossima volta sento il telefono: ping! ping! Messaggio, è Nina. Dice: Ciao Oscar, anche io tutto bene, grazie :), con la faccetta sorridente dopo il grazie. Sento questi formicolii dentro le dita, guardo un'altra volta il telefono. Forse si è sbagliata, penso, magari pensa che sono un altro Oscar. Inspiro, espiro, rileggo, c'è proprio scritto: Ciao Oscar eccetera. Allora magari c'è anche il caso che non si è sbagliata, che ha capito benissimo chi sono, addirittura forse era contenta di sentirmi, ha messo anche la faccetta con il sorriso. Qualcosa devo rispondere, mi dico, solo che queste conversazioni di messaggi non sono capace. Potrei telefonarle, allora. Solo, secondo me telefonarle è ancora peggio, che le direi per telefono: Ciao Nina, ti ho telefonato perché secondo me è meno peggio che mandarti i messaggi, solo che già non sono capace a fare conversazione di persona, per telefono è proprio molto complicato per me, purtroppo, ecco cosa le direi. Allora lei rimarrebbe un po' zitta, che se non sono capace di fare conversazione non si capisce perché l'ho chiamata al telefono, poi direbbe: Sì, sì, certo, ora però sono molto occupata, e metterebbe giù. Oppure potrei mandarle un messaggio, dirle: Ci sentiamo, magari, se hai tempo.

Questo non è male, penso, scrivo, schiaccio: Invio. Fisso il telefono, penso: Vedrai che non risponde, sicuro garantito che non risponde mai più ai tuoi messaggi bruttissimi. Sono lì che fisso il telefono, penso: Vedi che non risponde, lo vedi, te l'avevo detto, lo sapevo, e poi di colpo compare il suo nome c'è scritto questo messaggio meraviglioso mi sembra il messaggio più bello che ho mai letto nella mia vita c'è scritto: Chiamami quando vuoi :).

Bravissimo, adesso tocca telefonarle. Mi dico: Adesso goditi questi due minuti di pace perché dopo finisce tutto. Perché dopo quando le telefoni e fai il tuo bel discorso di merda, lei resterà zitta un minuto poi dirà: Sì, sì, va bene, però sono molto occupata, e metterà giù e sarà tutto finito. Allora dopo ci saranno lacrime e dolore e cambierai anche supermercato, che se no metti che la incontri di nuovo in coda. Anzi, ora che ci penso forse meglio cambiare anche casa, anzi per sicurezza cambiare anche città, sì sì. Adesso le telefono, faccio la mia bella figura di merda, poi cambio città, anzi cambio proprio paese. Il Canada, ad esempio, potrebbe andare, mi sembra abbastanza lontano. Son lì che vado su e giù per il corridoio, borbotto: Canada! scuoto la testa, ogni tanto rileggo il messaggio.

A un certo punto di colpo esce Erika dalla stanza, sta lì ferma, non dice niente, mi fissa con gli occhi spalancati, con una faccia che vuol dire: Ma perché fai avanti e indietro nel corridoio e borbotti? Sento le guance rosse rossissime, non lo sapevo che era in casa. Allora resto lì anche io fermo immobile nel corridoio, la guardo, dico piano: Ciao Erika, scusa se ti ho disturbato, ma poi ti spiego, e vado via veloce nella mia stanzetta. Mi chiudo la porta dietro le spalle, sento il suo sguardo senza parole addosso, sento che pensa: Oscar non sta bene.

Mi siedo sul mio lettino, il cuore inizia a picchiare dentro l'orecchio, dico: Ah ecco, mi sembrava strano che non ti eri ancora presentato, cuore. Allora picchia ancora più forte, bum bum bum, si vede che si è ripreso da ieri sera. Sentiamo, cuore, cosa ti inventi questa volta, che stavolta è difficile, penso. Allora per un attimo il cuore si ferma, sparisce il bum bum dentro l'orecchio, poi sento: *Smettere di rovinare sempre tutto, per colpa della solitudine!* Non lo so, cuore, se sono capace a non rovinare tutto, penso. So solo che mi fa male la testa, penso: Lo sapevo, lo sapevo, lo sapevo che finiva malissimo, ma il cuore non molla, insiste: *Pensaci bene e poi fai posto al sentimento!* e di nuovo, bum bum bum, una scarica che mi scoppia nell'orecchio. Allora basta, cuore, ho capito, penso e prendo il telefono. Inspiro, espiro, una mano sul ginocchio, i piedi incrociati come mi ha insegnato Bianca, passo il dito sullo schermo, lascio una traccia sudata. Sullo schermo c'è scritto: «COMPONI NUMERO», e resto lì appeso allo squillo dentro l'orecchio che adesso tira su, squilla, squilla, squilla, adesso risponde, inspiro, espiro, inspiro, squilla, dai che risponde, ora risponde finisce malissimo ma pazienza, devi essere forte Oscar, va bene? Va bene, e squilla di nuovo, silenzio, e poi: Wind messaggio gratuito servizio di segreteria telefonica.

Benissimo, penso, si vede che ha proprio voglia di

parlare con me. Invece un attimo dopo il telefono si agita, vibra, fa un suono meraviglioso, compare la scritta: «NINA MANO PANCHETTA», è lei, penso, è lei è lei è lei, il cuore fa un'impennata di bum bum bum dentro l'orecchio che non sento più niente quando ci appoggio sopra il telefono, allora dico forte: Pronto! a Nina e poi: Basta! al cuore. Silenzio. Restiamo fermi zitti inchiodati un attimo, poi Nina dice: Ma ti disturbo? Penso: Cuore, questa me la paghi, dico: Ciao Nina, noooo, dicevo a un mio amico che fa casino, sono contento che mi hai chiamato, e penso: Cuore, ti giuro che non finisce qui. Sento il cuore che diventa minuscolo, Nina che sorride e dice: Meno male, e poi: Mi fa piacere sentirti. Allora non so cosa dire, che vorrei dirle: Anche a me fa piacere sentirti, moltissimo, invece dico solo: Grazie. Per fortuna Nina fa tutto da sola, altro che questi silenzi che non so cosa fare cosa dire da dove cominciare, dice: Mi ha fatto piacere il tuo messaggio, e si sente che sorride di nuovo dentro il telefono, che lo ha capito che mi si è congelato il cervello, un quintale di ghiaccio tra le orecchie. Se ti va potremmo andare a prenderlo quel caffè, quando vuoi, dice. Sento le mie labbra che si distendono nel sorriso, il ghiaccio tra le orecchie che si spacca e scivola via, dico: Eh, magari, sarebbe bello. In un attimo mi viene in mente la teiera che fuma, Faris che dice: Torna a trovarmi! Allora mi esce questa voce coraggiosa che non me l'aspettavo, dice: C'è un mio amico si chiama Faris fa un tè buonissimo, nel baretto della salitina all'inizio della Maddalena, potremmo andare lì. Sento Nina che ride, ha una risata così leggera così bella che quasi quasi mi viene un po' da piangere. Penso: Ma se ti ha appena detto: Prendiamo il caffè, cosa vai a dire il tè, lo vedi perché poi finisce malissimo a singhiozzare dentro il cuscino. Ma Nina ride piano, è una cosa luminosa e dolce che esce dal telefono e dice: Va bene anche il tè, poi oggi al lavoro finisco presto, se ti va potremmo vederci alle cinque, e dico: Va bene, alle cinque all'inizio della salitina allora, e mi suda la mano mi sale dentro le tempie un rimbombo che non ci capisco più niente, rimango lì zitto e fermo quando dice: Perfetto, a dopo, ciao Oscar, grazie e mette giù.

Le ore in mezzo passano e non mi ricordo più niente, so solo che devo vedere Nina alle cinque all'inizio della salitina e mi dispiace che c'è Luis che è tornato presto dal lavoro. Lo incrocio in cucina e si vede che vorrebbe prendere un caffè assieme, infatti dice: Ciao Oscar, che giornata, vuoi un caffè? Invece purtroppo mi tocca rispondergli con un tono che si capisce che oggi non ci sono per niente e per nessuno: Ciao Luis scusa ma devo scappare poi ti spiego, e guardare per terra e andar via veloce in bagno a farmi la doccia cambiarmi eccetera. Mi guarda un po' da sotto in su mentre traffica con la caffettiera, sento il suo sguardo addosso che mi segue nel corridoio e mentre chiudo la porta del bagno, tlac tlac tlac. Sono lì che decido cosa mettermi, mi provo dei pantaloni con sopra una camicia a righine blu poi penso: No, le righine blu no, che poi va a pensare che è uscita per prendere un caffè, per rilassarsi cinque minuti e invece è andata dal commercialista, no no no. Allora niente righine, provo un'altra camicia che mi sembra più accettabile con i quadratini, mi guardo allo specchio penso: Peggio di prima, però penso anche: Sono in ritardo, allora infilo le scarpe, prendo le chiavi il portafoglio il telefono dico forte: Ciao Luis, mentre mi chiudo dietro la porta.

Sono le cinque e undici minuti e faccio su e giù avanti e indietro per la salitina e penso: Non viene. Sicuro che non viene. Vedrai che ha cambiato idea e non viene più. *Aspetta un attimo*, dice il cuore, *vediamo*, e poi di colpo fa bum e succede una cosa incredibile meravigliosa. Nina sta scendendo dalla cima della salitina con la sua coda di capelli che dondola a destra e a sinistra. Allora il cuore mi molla lì senza parole senza battiti non so cosa fare, so solo che Nina adesso è di fronte a me e sorride e dice: Ciao Oscar, e io non dico niente spero solo che non si senta da fuori il cuore che di colpo si è ripreso, fa dei salti altissimi dentro la gola e dice: *Te l'avevo detto, o no?* e io non so cosa dire cosa pensare so solo che Nina è di fronte a me e sorride e mi guarda e penso: Eh, me l'avevi detto. Dopo non so com'è possibile so solo che siamo seduti con una teiera sul tavolino e Faris che ogni tanto ci guarda di sguincio da dietro al bancone e Nina che sorride dietro il filo del fumo e tira su il suo bicchierino e beve un sorso piccolissimo e dice: Buono questo tè, solo, un po' dolce. Un po' sì, dico e non so come mi parte una chiacchiera che non me l'aspettavo riempio tutto il silenzio per tutto il tempo. Nina ascolta e ogni tanto fa di sì con la testa e spesso ride e quando ride non è una risata normale, quando ride è come nei film quando si ferma la scena e parte la musica e si abbassano le luci, uguale però invece della colonna sonora c'è una cantilena arabo-indiana come l'altra volta. Ma va bene lo stesso, e dopo non so quanto tempo è passato so solo che Faris ci ha chiuso la serranda dietro e se n'è andato dicendo: Be', io vado, e mi ha fatto l'occhiolino. Dopo per strada non passava più nessuno e c'era buio e Nina mi ha guardato e mi ha detto piano, all'orecchio: Ho freddo. Allora ho pensato: Tanto finisce malissimo, però vediamo, e ho allungato le mie braccia intorno alle sue spalle e il suo collo era caldo e morbido e in cima al collo c'era la sua testa di fronte a me e davanti c'era il sorriso di Nina vicinissimo e la sua coda di capelli profumati, e io parlavo e parlavo e lei si vedeva che non ce la faceva più con questa chiacchiera che mi era partita inarrestabile, infatti ha detto: Sssst. E di colpo mi ha baciato e il cuore è saltato in aria è esploso, ha fatto un bum talmente forte che non ho detto niente, sono rimasto zitto e fermo a baciarla a occhi chiusi anch'io, e basta.

Sarai contento, ha detto Luis un'ora dopo, seduto in cucina a dondolarsi sulla sedia con le mani dietro la testa. Non lo so se sono contento, ho detto. Ho pensato al Ciuffo, a Maria che dice: Non sei buono a niente! Secondo me finisce malissimo, questa cosa qui, ho detto. Anche se poi a pensarci quando ci siamo salutati mi ha detto: Grazie della serata, ci vediamo presto, e mi ha stretto forte le dita con le sue. Allora le ho detto: Ti accompagno, ma ha detto di no, che abitava vicino, che non ce n'era bisogno, erano solo due passi. Però quando è andata via per la salitina si è fermata un attimo per girarsi verso di me prima di andare di nuovo via. Ma come, dice Luis, non sei contento? Allora non lo so cosa ti ci vuole a te per essere contento, e mi ha versato due dita di birra. Ho mandato giù, ho pensato: Be', in effetti, ho risposto: È che poi ci rimango male, se finisce malissimo, e Luis ha riso e ha tirato su il bicchiere e ha detto: *Que será, será*. Per un attimo il cuore, che se ne stava zitto esausto, troppe emozioni, ha fatto un sussulto, si vede che si è ingelosito che qualcuno gli aveva rubato la citazione. Siamo andati a dormire, fissavo il soffitto e pensavo, *Que será, será, será, será*, il cuore si vede che era sempre offeso ha fatto finta di niente. Ho chiuso gli occhi e per tantissimo tempo Nina era ancora lì, a sorridermi nel buio dentro la mia testa.

Due giorni dopo siamo di nuovo seduti con Carlos Salim e gli altri a fare gli esercizi di italiano, poi una settimana dopo, poi dieci giorni, abbiamo preso un bel ritmo di frasi intere, di compiti a casa, di lettura a voce alta, a turno, dritti in piedi attorno al tavolo. Poi una sera stiamo uscendo alla fine della lezione, sono andati via tutti, anch'io sono già quasi fuori dalla porta. Di colpo sento una mano sulla spalla, mi giro. Ernesto, quello della segreteria. Mi prende da parte, dice: Ciao Oscar, come andiamo? Bene, gli dico, e penso subito: Ecco, adesso vedrai che è successo qualcosa, bravissimo Oscar. Come minimo abbiamo fatto troppo casino, penso. Abbiamo disturbato quelle dell'ikebana, che l'avevo capito da come mi guardavano che non andavamo d'accordo, io e le appassionate di rametti. State attente voialtre, con quei rametti, gli direi alle appassionate. Che conosco una delle vostre parti che se ve li scopre, tutti quei rametti, ve li fa buttare nella *rumenta* tutti subito immediatamente, altroché. Quasi me l'immagino che una sera di queste arriva, sbatte i rametti dappertutto, urla: Dovete buttare via tutto! Tutto dovete buttare, tutto! Invece: Guarda, Ernesto, gli dico. Scusaci, è che alle volte dobbiamo ripetere a voce alta, se è troppo forte smettiamo, dico, e mi trema un po' la voce, a me questi trentacinque euro a ripetizione mi servirebbero. Invece Ernesto sorride, dice: Macché, ti volevo dire un'altra cosa, se hai un minuto. Tiro il fiato, faccio di sì con la testa, va avanti. Mi han detto che sei bravo, che stanno imparando molto, e continua a sorridere. Aspetta un attimo che forse non è grave, penso, rilasso le spalle, sciolgo le dita nelle tasche. C'è che il maestro del corso di italiano se ne va, ha vinto il concorso alle elementari, dice Ernesto. Va via tra un mese, stiamo cercando uno nuovo, e sorride ancora. Allora pensavo, magari a Oscar gli interessa, prendere lui il posto. Pensaci, poi fra un paio di giorni magari mi fai sapere, dice e si chiude dietro la porta, mi sorride, fa ciao con la mano da dietro il vetro.

Arrivo a casa che Carlos è già a letto, russa che tremano i muri, non mi fa dormire. Mi sono buttato sul letto con le scarpe, come quando c'era ancora Maria. Guardo il soffitto, sussurro: Quasi quasi. Non ho nemmeno finito di dirlo che sento questa fitta su per la spalla, penso: Cuore, sei tu? Era un po' che non ti facevi sentire, e dietro a questo pensiero la fitta diventa più forte, sale su per la spalla con un bum strano nella gola che non glielo riconosco, al cuore. Poi mi urla nell'orecchio: *Sai ti conosco oramai, ho capito chi sei, non ti importa di niente!*

Questa poi, penso, adesso fa l'offeso. Ah sì, cuore? Fai presto, tu. Fai presto, che mica devi pagarti l'affitto. Fai presto, che la settimana scorsa pensavo: Forse Nina è meglio se non la richiamo per un po'. È che mi ero fatto un bel piano: resisto, risparmio ancora i soldi di una settimana di ripetizioni, e dopo porto Nina a mangiare fuori, una di queste sere. Così forse potremmo andare da qualche parte, un posto un po' meglio che da Faris. Allora avevo chiesto a Carlos se conosceva qualcosa di buono, non tanto caro, alla Maddalena. Mi ha guardato un attimo, ha detto: Vai dal cinese, che ti tratta bene. Prezzo fisso tutto compreso tredici euro bevande escluse, e ha fatto un cenno di taglio, con il palmo della mano aperto verso l'alto, per dire: Buonissimo. Non so, Carlos, dal cinese no, ho risposto. Poi ho guardato nel portafoglio, ho pensato: Però, in effetti.

Fai presto tu, che sono due mesi che quando dico: Maestro di tango mi rispondono sempre, dappertutto, con la stessa faccia: Sì, sì, lasci pure lì il curriculum, le faremo sapere. Ma il cuore non molla, torna all'attacco, urla: *Tu dimentichi tutto, senza alcun rispetto!* Mi giro e mi rigiro nel mio lettino, poi mi alzo, allungo la mano nell'armadietto piano pianissimo. Tiro fuori le scarpe da ballo nere, lucide, mi siedo sul bordo del letto, me le appoggio sulle ginocchia. Non voglio svegliare Carlos. Che se mi vedesse così lo so cosa direbbe, Carlos. Direbbe alla moglie che ha un compagno di stanza che non sta tanto bene. Che all'una di notte questo suo compagno di stanza se ne sta seduto sul letto con in mano un paio di scarpe da tango nere, e le accarezza piano e scuote la testa e gli viene un po' da piangere. Che questo compagno di stanza ha avuto una botta di fortuna gli hanno offerto un lavoro quasi normale e lui non sa cosa farsene, che il suo lavoro sarebbe un altro.

Che però forse lo sa, cosa farsene, per esempio ci sarebbe una persona che lui porterebbe volentieri a cena fuori in un posto un po' meno dei poveri del cinese. Che adesso non ce la può portare, che se lei per caso vuole un bicchiere in più siamo rovinati. Capito, cuore? Mi stringo la spalla nel palmo della mano, mi accarezzo il braccio, ma è un dolore strano. Penso: Dai cuore, domani vediamo, ma lui mi spara un'altra fitta su per la spalla, mi gira la testa quando mi alzo pianissimo dal letto. Bel maestro di tango, penso. Sì sì, proprio bravo, un pezzo di legno. Pazienza, rimetto a posto le scarpe da tango nell'armadietto, mi metto il mio pigiama a scacchi, penso: Sì, va bene cuore, domani facciamo lo stretching lo yoga il pilates tutto quello che vuoi, adesso dormiamo, però, e non so se mi ha capito o si è stancato o si è offeso o anche lui non ce la fa più, lo sento che batte ancora forte nell'orecchio, poi piano piano si calma, ci addormentiamo tutti e due.

Passano due giorni di mal di testa, di mal di pancia, di alzarsi e sedersi e rialzarsi dalla sedia della cucina mentre correggo i compiti. Due giorni di braccia indolenzite e stiramenti delle dita alte sopra la testa, che mi sembra che mi fanno stare meglio ma non lo so, non sono sicuro. So solo che ogni tanto passa Erika, mi guarda in un modo che vuol dire: Te non stai tanto bene, però non dice niente. Mi chiama Bianca, mi dice: Non ti ho più visto, non ti ho più sentito, stai bene? Prendiamo un caffè, dopo lezione? Prendiamolo il caffè, ma la lezione non ce la faccio, mi gira la testa, ho un sacco di pensieri, poi ti spiego, le dico. Bianca non dice niente, rimane zitta al telefono mezzo minuto, poi sospira: Va bene, ma si sente che non è convinta. Andiamo a prendere il caffè al bar del mercato, che è tanto che non ci andiamo. Io lungo, decaffeinato, dico a Bianca, che è meglio. Bianca mi guarda strano, dice: Ma cos'è questa storia, adesso, e mi guarda con quella faccia che non c'è verso, toccherà spiegarle le cose. Tutto bene, dico. Bianca mi guarda fisso, le mani incrociate sotto il mento, aspetta. Sono un po' stanco, forse. Ma lei è sempre lì, che mi guarda da sotto in su, gira il cucchiaino nella tisana che fa un odore buono di limone e di tutte quelle erbe che piacciono a Bianca. Mi viene in mente che forse Bianca riesce a vedere i chakra, magari mi si sono spostati e non me lo dice, che non mi vuol spaventare. Allora le dico: Bianca, ma te, i chakra, me li vedi mica spostati? Bianca ferma il cucchiaino nella tazzina, lo poggia di fianco, non dice niente. Poi dopo un po' sospira: Oscar, raccontami tutto.

Racconto a Bianca di Carlos, delle ripetizioni, di Nina, di Ernesto che non so cosa fare, sento il cuore che gli parte un bum improvviso quando dico la parola: Lavoro. Che questa parola di solito nella mia vita è sempre stata seguita o preceduta dalle parole: Maestro-di-Tango, invece questa volta ce ne sono delle altre che non sono abituato, non sono io: Maestro-di-italiano. Mi si spezzano a metà dentro la gola quando cerco di tirarle fuori, queste parole, si fermano tra i denti. Bianca mi guarda, spalanca gli occhi, dice: Ma come. Guarda che ci ho provato a rimettermi in pista, rispondo. La settimana scorsa, per esempio, mi sentivo che era la volta buona, dopo due mesi che provavo a sentire di qua e di là. Avevo aggiornato il curriculum, ne avevo stampati un bel po' sulla carta bianca pesante, di lusso. Li avevo messi in una cartellina, di quelle buone che non si piegano i fogli dentro. Mi ero messo il dopobarba, i capelli lucidi di gel, la cartellina sotto il braccio. Avevo messo su un paio di jeans quasi nuovi, puliti, la camicia blu stirata. Avevo cominciato dalla palestra bella. L'avevo sempre evitata, prima. Era quella famosa che fanno anche la zumba. La ragazza della reception avrà avuto vent'anni. Mi ha guardato per un attimo da su in giù, poi si è rimessa subito a guardare il computer, ha detto allo schermo: Buongiorno. Lo ha detto con un tono che voleva dire: Non lo so, non ci sono, non ci interessa. Però non mi sono lasciato intimidire. Mi sono schiarito la voce, ho sorriso, ho detto: Cercavo il direttore dei corsi di danza, cortesemente. Ho aspettato un minuto. Lei fissava ancora lo schermo zitta ferma immobile, poi ogni tanto schiacciava due o tre tasti. Volevo solo lasciare il mio curriculum, sono un insegnante di tango, ho detto, se per caso cercate, e ho tirato fuori un curriculum dalla cartellina. Certo, certo, lasci pure sul bancone, ha detto, e ha fissato di nuovo lo schermo in un modo che lì c'erano delle cose importantissime da leggere, altro che curriculum. Poi si è messa a frugare in un cassetto. Ha tirato fuori un faldone enorme, pienissimo. Ha stretto il curriculum tra le punte del pollice e dell'indice. Lo ha infilato in fondo al faldone. Ha detto: Grazie, arrivederci. Si è rimessa a fissare le sue cose importantissime dentro lo schermo. Volevo rispondere: Arrivederci non lo so mica, se mi va. Invece non ho detto niente, sono uscito.

Ancora una e poi basta, avevo pensato, e mezz'ora

dopo ero nell'altra palestra, quella che mi piaceva di più, era più piccola e vecchia di quella di lusso ma aveva un bel pavimento di legno scuro, lucido, un po' all'antica come piaceva anche a Maria. Mi sudava la schiena a entrare, che lì una volta mi conoscevano tutti. Ci avevamo fatto dei corsi speciali, con Maria, due ore di martedì sera per tre mesi. Per questo c'ero andato quel giorno, che di giovedì pomeriggio, pensavo, sicuro che dei soliti non c'era nessuno. In effetti non c'era nessuno, nemmeno all'entrata. Allora mi ero appoggiato al muro dell'ingresso, guardavo dai vetri della porta della sala da dove arrivava la musica. Si sentiva una cosa tipo cubana, una bachata, forse. Allora mi era venuto su nella gola un pensiero triste, ma non mi ero lasciato demoralizzare. No, no, no. Avevo solo stretto la cartellina sotto il braccio, mi ero spostato un po' di più verso il muro, che il cuore aveva fatto un bum solitario, mi era venuto un presentimento strano. Nella sala c'era poca gente, due o tre ragazze e un ragazzo che stavano lì in cerchio, si dondolavano su una gamba e l'altra, aspettavano di cominciare. Poi dal fondo si è aperta una porta, è entrato lui. Sparita la musica. Solo il cuore picchiava come un pazzo, bum bum bum! Di colpo ho sentito le guance rosse rossissime, ho pensato: Non è possibile. Ma il ciuffo era quello, solo un po' meno scuro, forse. La camicia stirata come me la stirava Maria, con le punte del colletto inamidate. Lo stesso sorrisino. Portava anche le stesse scarpe a punta di quando ballavo con Maria. Persino quelle mi aveva copiato, lo stronzo. Ha battuto le mani due volte, ha detto: Dai ragazzi, cominciamo! e ha guardato verso la porta. Allora mi sono spostato ancora di più verso il muro, non so se mi ha visto. Ho pensato:

Non gli bastava portarmi via la mia, di sala. Anche questa, adesso. Basta così, ho pensato, e me ne sono tornato a casa.

Allora Bianca invece dice che non è così, che devo provare da altre parti. Che è solo questione di fortuna, che adesso il tango torna di moda, non è difficile, basta insistere e prima o poi qualcosa salta fuori. Non lo so, Bianca, dico. So solo: affitto, duecentocinquanta euro al mese. Anche se mangio le patate con l'olio di semi, anche se piove ma niente bus, sono sempre tantissimi. Aspetta, dice Bianca, aspetta un attimo, troppa fretta, ci vuole pazienza. Non lo so, dico, cosa devo aspettare. So solo che c'è questo lavoro nuovo, che magari non è male. Che però mi fa male la testa a pensarci, mi vengono dei pensieri tristi tristissimi. Penso al Ciuffo che dice: Cominciamo!, a Maria che dice: Non sei capace nemmeno a tenerti me!, a Nina che dice: Ho saputo che fai il maestro di tango.

Allora Bianca mi guarda, sospira, dice: Be', in effetti. Però, dice, e gira il cucchiaino dentro la tazza avanti e indietro. Però forse riesci a fare tutte e due le cose, maestro di tango e maestro di italiano, magari non subito tutti e due, più avanti, dice. Che anche lei per esempio fa la maestra di yoga poi fa anche le borse e le vende al mercato e fa anche due o tre altri lavori, le viene benissimo. Veramente benissimo non saprei, che sei sempre messa male, sei sempre lì a fumarne una dietro l'altra che nemmeno Gérard Depardieu, rido. Adesso cosa c'entra Depardieu, dice Bianca. Sorride appena, però si sente che è un po' offesa. C'entra, dico io. Che per esempio Gérard Depardieu da giovane era un bell'uomo, poi invece guardalo adesso, se mi stresso e divento così anche io altro che tango, dico. Bianca scuote la testa, dice: Adesso lascia stare Gérard Depardieu, dice che devo provare altre sale, qualche altra città. Però dice anche che almeno ci devo parlare, a Ernesto, che è stato gentile, che qualcosa gli devo dire. Rimaniamo d'accordo che vado a parlare con Ernesto domani mattina, che soprattutto non devo dirgli di no lì per lì, che prima di dire di sì o di no la richiamo. Niente decisioni affrettate, va bene? Va bene, glielo prometto. Poi dice di tornare a lezione, che mi mette a posto i chakra, ci pensa lei, e mi sento un po' meglio, solo il cuore ogni tanto sobbalza, fa dei bum a sorpresa, senza dire niente. Non ti riconosco, cuore, gli dico, ma lui se ne sta lì zitto, non dice niente nemmeno quando lo provoco, accenno due o tre note di Astor Piazzolla sottovoce. Silenzio. Forse è ancora offeso.

Mi addormento e faccio un sogno confuso, è buio, c'è una festa, ci sono Ernesto e Salim ed Erika che ridono in cucina, e Nina che mi bacia fortissimo davanti a tutti e il mio vecchio vicino Giovanni che ci guarda stupito, ma non mi ricordo bene. Mi sveglio con il pensiero di Nina nella testa, ho voglia di sentire la sua voce, faccio il numero poi penso: No, dopo, forse, ma metto giù troppo tardi, ha già iniziato a squillare. Mi richiama, dice: Oscar! e si sente che sorride dentro al telefono. Allora anche il cuore si risveglia, non resiste, fa due o tre bum bum a sorpresa dentro la gola. Nina, dico, forse è caduta la linea, e si sente benissimo che ha capito che non è vero, ma lei fa finta di niente, è contenta di sentirmi. Lo dice anche: Sono contenta di sentirti, come stai? Non capisco più niente, che non mi sembra possibile che Nina dica: Sono contenta di sentirti, a uno come me. Vorrei dirle: Guarda, secondo me non è possibile. Finisce malissimo, secondo me. Invece rimaniamo lì a parlare di qualcosa ma io non ascolto, sento solo che c'è Nina che sorride dall'altro lato del telefono e potrebbe dire qualsiasi cosa. Potrebbe dire delle cose che io non sono d'accordo, delle cose che se le dicesse un altro mi arrabbierei molto. Potrebbe dire delle cose anche gravi gravissime, ma le direbbe con questa sua voce luminosa e sottile e io direi: sì, sì, certo, anch'io sono d'accordo. Poi rimane zitta un attimo, e io non so cosa diceva e dov'eravamo so solo che sento uno strano presentimento nel basso ventre, come si dice, e mi esce nel telefono questa voce che non me la riconosco quando dico veloce, tutto d'un fiato: Ci rivediamo, se vuoi, e il cuore fa un bum fortissimo che non sento più niente, e anche Nina non dice niente, rimaniamo zitti un minuto, poi dice: Va bene. Allora sento il cuore che rimbomba dentro la gola, il collo sudato sotto le orecchie, rimaniamo che ci vediamo davanti al bar di Faris, andiamo a fare due passi, stasera.

6
Spalanco la persiana della cucina

Spalanco la persiana della cucina e penso che mi tocca andare a parlare con Ernesto, stamattina, l'ho promesso a Bianca. Da fuori viene su un tanfo pesante di scarichi e di fritto ma in fondo si vede un pezzetto minuscolo di mare e forse c'è anche un po' di sole, allora mi torna in mente una canzone triste di Aznavour, me la cantava sempre Maria. Non lo parlava, il francese, però le piaceva Aznavour lo stesso, e c'erano dei periodi che si fissava e in casa si poteva sentire solo Aznavour. Non c'era verso di farle cambiare musica, delle volte per dei giorni interi. Si metteva a cantare a tutto volume in francese senza saperlo, il francese, e le uscivano queste lagne tristi e senza senso piene di uuuh e di oooh. Però non erano neanche male, i primi cinque minuti. Stai a vedere che aveva ragione Aznavour, penso, con quella canzone che diceva, mi pare: *Mi pare che lo sconforto sarebbe meno doloroso nel sole*. Allora finché c'è questo sole andiamo a parlare con Ernesto, che mi sembra già abbastanza come sconforto, penso. O no, cuore? dico a voce quasi alta e vorrei provocarlo, che è un po' che si comporta in un modo strano, non glieli riconosco certi comportamenti, certi sobbalzi. Invece niente, il cuore rimane fermo e zitto, nemmeno Aznavour ti commuove, nemmeno la missione che stiamo per compiere, niente da fare, cuore? penso, ma lui niente, fermo e zitto che non mi sembra nemmeno lui.

Mezz'ora dopo sono al laboratorio sociale, seduto sulla sedia all'ingresso ad aspettare il mio turno. Ernesto sorride alla gente in coda, spiega, fa vedere i moduli, risponde al telefono, poi finalmente mi fa segno con la mano come a dire: Vieni, vieni, mi allunga una sedia vicino a lui dietro al bancone della segreteria, dice: Allora, e sorride con la faccia di uno che è contento di vedermi. Mi metto anche io la faccia di uno che è contento di vederlo. Ti spiego la storia dei corsi, dice, è molto semplice. Faccio di sì con la testa, annuisco, dico: Benissimo. Ernesto prende un libretto da una pila, c'è scritto: «CORSI DI ITALIANO PER STRANIERI». Lo apre, ci sono delle tabelle in bianco e nero, ci passa il dito sopra, dice: Vedi, sono tre corsi a settimana. Principiante intermedio avanzato, un'ora e mezza per lezione. Si ferma, tira su gli occhi dal libretto, mi guarda, sorride. Due lezioni alla settimana, fanno nove ore. Si ferma di nuovo, mi guarda. Forse ha sentito il cuore che ha cominciato a picchiare, due bum bum forti nell'orecchio. Lo guardo, annuisco zitto. Ernesto sorride di nuovo, si vede che non ha sentito niente, riprende. Più sei ore ce le aggiungiamo noi del laboratorio, facciamo conto per correggere i compiti preparare le lezioni eccetera, fanno quindici ore a settimana di impegno. Sorride, chiude il libretto, appoggia le mani sulle ginocchia, piega la testa da un lato. Certo, i primi mesi ci sarà un po' di più da fare, per ingranare, qualche ora in più ogni giorno, ma vedrai che ti serviranno. Del resto è un lavoro nuovo per te, giusto? Annuisco, dico: In effetti, io sarei un maestro di tango. Il cuore fa un bum stizzoso, lo sento che vuol dire: *Ecco, bravo, meno male, lo vedi che te lo ricordi, e allora?* Ernesto annuisce, poi abbassa la voce, dice: E poi qualche volta magari dovrai aiutare anche me, che mi serve proprio una mano qui in segreteria, qualche ora nel fine settimana, o di sera. Anzi, ti dirò, te come te la cavi coi computer? O a rispondere al telefono? Comunque, contratto socio cooperativa, il migliore. Sono ottocento euro al mese.

Quando sento: Ottocento euro al mese mi scende una scarica di sudore freddo giù per la schiena, mi gira la testa, sento il cuore che salta come un pazzo, fa bum bum bum dentro le orecchie, nella gola, dappertutto. Penso: Ottocento euro al mese, e questo pensiero prende tutto lo spazio dentro la testa, mi chiude lo stomaco, mi fa sudare le mani attaccate al bordo della sedia. Il cuore picchia più forte, dice: *Oscar, devi dire: Ma sai che ognuno c'ha i suoi sogni da inseguire, sì, per stare a galla e non affondare, no no!* Sospiro, premo forte la schiena sulla sedia, sento la pelle sudata, appiccicosa. Passa un tempo lungo lunghissimo, ma Ernesto è sempre lì con i suoi occhi stretti dietro gli occhiali rotondi, il suo pizzetto scuro e ordinato sopra il sorriso sottile. Il cuore non molla, fa bum bum bum, allora attacco: Ma sai che… Mi si bloccano le parole tra i denti. Scuoto la testa, penso: No, no, no. Riprendo. Ma sai che… forse è proprio adatto a me, come lavoro, come orari, dico. Il cuore si zittisce di colpo. Ernesto si scioglie sulla sedia, stende le gambe in avanti, porta le mani incrociate dietro la testa, i gomiti alti. Penso alle due dita schifate sul mio curriculum, a: Ottocento euro, a Bianca che dice: Niente decisioni affrettate. Inspiro, espiro: Va bene se ci sentiamo settimana prossima? Non c'è problema, dice Ernesto, e sorride. Noi intanto faremo qualche colloquio, sai com'è. Però se lo vuoi il posto è tuo, che sei bravo. E poi col fatto che anche tu l'hai imparato da straniero, l'italiano, secondo me vi capite di più, dice. Stira le mani sopra la testa, poi se le appoggia sulle ginocchia, come a dire: Il colloquio è finito. Dico: Ti ringrazio, Ernesto, sei gentilissimo. Ci alziamo, mi accompagna alla porta, ce ne stiamo lì un minuto fuori a guardare la gente che entra. Ernesto non mi vede più, si capisce che guarda la coda, i bambini che si arrampicano sulle sedie. Quando il telefono si mette di nuovo a squillare scuote la testa, dice: Allora ci conto, mi raccomando, eh. Mi dà una pacca sulla spalla, un po' ferma, gentile. Sorride da dietro la porta a vetri quando vado via in silenzio, me la chiudo veloce alle spalle.

Prendo la bicicletta, inizio a pedalare su e giù a caso, fare andare le gambe, sgombrare un po' di pensieri. Poi dopo un po' riconosco i giardini, i palazzi, la chiesa, mi accorgo che sto andando verso la mia vecchia casa, non so perché. Arrivo sotto casa, attacco la bici al palo con la catena, mi avvicino al portone, tutto come una volta, in automatico. Te non stai bene, penso, e guardo il quadro del citofono, e poi: E adesso? E subito dopo mi rispondo: La posta. Che magari qualcuno ha risposto, con tutti quei curriculum che avevo mandato. Solo, non so come entrare a controllare la mia cassetta. Sono lì che fisso il portone, penso: Giovanni. Citofono: «BRIGNETTI», aspetto. Non risponde, forse non ha sentito, forse è uscito, forse è sul balcone a dare la caccia al gong. Ricitofono. Passano altri tre minuti, poi: *Chi g'hè* risponde e sono contento, mi esce questa voce allegra quando dico forte: Giovanni, sono io, Oscar! Mi apre il portone, prendo l'ascensore, e non so bene come mai e cosa mi è venuto in mente ma alla fine sono al tavolo della cucina col caffè in una tazzina gialla, Giovanni in pigiama seduto di fronte, la mia vecchia casa vicina vicinissima.

Giovanni non si è neanche meravigliato più di tanto di vedermi. Ha solo detto: *Belin, ghe l'emu feta*, 'Ce l'abbiamo fatta', nel senso: Arrivederci, credo. Non ci contava più, si vede. Gli chiedo come sta, mi racconta che il gong non lo fa dormire, che ancora insistono con le sei del mattino, che prima o poi glielo fa a pezzi, altroché. Poi mi chiede come sto, cosa faccio, come va con Maria. Gli rispondo che Maria non l'ho più né vista né sentita, meglio così. Invece lui sì che l'ha vista, una settimana fa, dice. Mi aggiusto sulla sedia, do due o tre colpi di tosse, Giovanni non dice niente, solo mi guarda da sotto in su con una faccia che vuol dire: Allora meglio che non ti racconto. Invece mi sono schiarito la gola, l'ho guardato fisso, ho detto: Ah, bene, mi fa piacere, ma si sentiva che volevo dire: Non lo so se mi fa piacere, però vai avanti. Che a sentire parlare di Maria il cuore ha fatto un bum forte che mi ha picchiato forte in testa, un buco nero si è ficcato dentro la pancia, mi gira di colpo la testa, la tengo su con la mano e sento le braccia che tirano, di nuovo. Giovanni dice che Maria passava di lì, allora aveva pensato di citofonarmi, sapere come stavo. Non aveva risposto nessuno, che la casa è rimasta vuota, si vede che Ennio non l'ha ancora affittata. Allora aveva citofonato a lui, per salutarlo, forse le faceva piacere rivederlo, o forse le mancavano le mele buone di Giovanni.

Infatti Giovanni l'aveva subito invitata, era salita a prendere il caffè, un sacchetto di mele. Giovanni si ferma, mi guarda, aspetta, vuole vedere se dico qualcosa, se ci rimango troppo male. Ma io zitto fermo immobile, penso: Voglio proprio vedere dove andiamo a finire, e guardo di lato e mi aggiusto sulla sedia. Che quando Giovanni la tira per le lunghe vuole dire qualcosa di strano, secondo me. E infatti strizza l'occhio, abbassa la voce, mi stringe una mano con le sue dita ossute, dice: *O meize de çiòule, o ven pe tutti!* 'Il mese delle cipolle viene per tutti!', cioè anche a Maria qualcosa dev'essere andato male, da farla piangere. Racconta che col Ciuffo si è rotto tutto quasi subito, che da quando Maria è andata a vivere a casa sua son state delle gran litigate e basta, che discutevano su tutto. Anche alla sala da ballo era diventato geloso da farle delle scenate davanti a tutti, così di punto in bianco, senza motivo. Che lei non lo sapeva se lo amava, o se non lo amava più, non sapeva come fare come reagire cosa dire, ci piangeva giorno e notte che stava andando a finire malissimo. Si era anche messa a piangere lì, nella cucina di Giovanni, seduta sulla sedia dov'ero seduto io. A sentire di Maria che piange, a sapere che il Ciuffo la tratta male, dovrei pensare: Ecco, vedi, ti sta bene. Quello lì, hai visto cosa ti ha fatto. Che il bene che ti volevo io, invece, non te ne sei fatta niente. Lo hai buttato via così, col primo ciuffo che capita. Dovrei pensare: Brava, te la sei cercata. Invece non ci riesco a pensare queste cose, ho la testa paralizzata, i palmi delle mani sudati, guardo l'indice della mia mano sinistra che batte piano sul tavolo, tac tac tac. Mando giù un sorso di caffè, dico: Ma dai, e guardo di lato. Solo, si capisce benissimo che mi dispiace, che non riesco a guardare Giovanni quando scuote la testa a destra e sinistra, dice: *Nanni, co-o bon tempo semmo tutti mainæ!* 'Quando fa bello siamo buoni tutti a fare i marinai'. Che vuol dire: Quando vanno bene le cose, siamo capaci tutti. E invece a Maria, non andavano bene le cose.

Saluto Giovanni che vuole che mi fermo a pranzo, gli dico: Grazie Giovanni, un'altra volta, e vado via con le sue mele sulla mia bicicletta a pedalare. Nella mia vecchia cassetta della posta c'è solo della pubblicità, e nient'altro. Voglio solo andare via veloce, velocissimo, il più veloce possibile, che nella testa ho Maria che piange, Nina che ci vediamo più tardi stasera, Ernesto che sorride e dice: Il posto è tuo, se lo vuoi.

Vado a casa, c'è Erika seduta a tavola che mangia qualcosa che potrebbe essere colazione pranzo o cena, con Erika non si capisce mai. Mi dice: Ciao Oscar, mangi con me? e mi guarda da sotto in su e dice: Vieni, vieni, e sposta la sedia verso di me. Un po' mi dispiace dirle di no, e poi non ci siamo quasi più parlati dopo quella volta del corridoio e del Canada, cosa penserà di me non lo so. Allora mi siedo, Erika mi allunga una specie di bruschetta con sopra pomodoro e olive, dice: Raccontami, Oscar, che hai dei giri strani, ultimamente. Ma ride, si capisce che scherza.

Rido anche io, dico: Mah, veramente, giri strani no. Solo, più tardi devo uscire con una mia amica, ed Erika alza un sopracciglio, anche lei come Luis riesce a sollevare un sopracciglio solo, non so come fanno. Ci avevo provato di nuovo, l'altro giorno, davanti allo specchio. Pensavo che volevo farlo una volta davanti a Nina, sollevare un sopracciglio solo quando magari avrebbe detto qualcosa di strano o di insolito. Allora Nina avrebbe detto: Ma dai! Ma come fai! Ma sei bravissimo, mi insegni anche a me? Allora avrei detto: Certo, figurati, niente di che, e avrei scrollato le spalle abbassato gli occhi con grande modestia. Poi avrei detto: Sai, nel tango l'espressione è tutto, conta ogni dettaglio, anche queste piccole cose, e le avrei sfiorato dolcemente la fronte con un dito. Allora davanti allo specchio avevo fatto le prove, mi sforzavo a tenere un sopracciglio su e uno giù con naturalezza, invece mi uscivano solo delle facce bruttissime che mi facevo paura da solo, avevo pensato: Sai che forse è meglio di no, e avevo lasciato perdere. Ma... amica amica, o amica per modo di dire, dice Erika, e sorride e abbassa gli occhi e fa un gesto di taglio con la mano, il palmo aperto all'insù, come a dire: Ci siamo capiti. Erika ha questo modo di fare le domande, di stringere gli occhi e socchiudere le labbra minuscole che mi fa questo strano effetto, mi tocca dirle le cose come stanno, non c'è scampo. Maaaaa... non saprei, dico, e subito immediatamente sento un bum dentro l'orecchio che non lascia dubbi, penso a Nina che mi bacia e mi accarezza i capelli, dico anche: Veramente mi piace molto, in effetti. Mi viene in mente che è la seconda volta in due giorni che dico a qualcuno che Nina mi piace molto, ieri a Bianca oggi a Erika, è una sensazione che mi fa un caldo morbido dentro e mi viene voglia di dirlo a tutti e persino a Nina stasera, forse. Erika sorride, annuisce, dice: Eeeeeeh, lo sapevo io. Bravo, sono contenta!, si scuote nella sedia, mi batte una mano sulla spalla. Adesso devo scappare, però quando torno mi racconti tutto, eh? e poi di punto in bianco mi schiocca un bacio sulla guancia, dice: Bravo Oscar, e scappa via veloce a fare la doccia, sbatte forte la porta del bagno per chiuderla, ancora non ho capito dove la trova la forza in quelle manine.

In casa non c'è rimasto nessuno allora faccio avanti e indietro per il corridoio su e giù dritto rigido e preciso come una guardia svizzera mentre ci mandiamo i messaggi con Nina: Allora a che ora ci vediamo?; Facciamo alle cinque e mezza; No magari meglio se facciamo le sei, se per te va bene; Certo che va bene, e per te?; Va bene anche per me; Benissimo, e ci scambiamo queste cortesie telefoniche molto gentili molto formali e penso: Guarda che a Nina piacciono i ballerini di tango, mica le guardie svizzere, e poi te dove sei nato, a Berna? A Zurigo? A Bellinzona? No che non sei nato a Berna, sei nato a Buenos Aires, altro che Berna, altro che Zurigo. Allora vedi di ricordartene, quand'è il momento, altro che questi modi di fare da guardia svizzera, penso e mi dirigo verso il bar di Faris e questa volta Nina è già lì, in mezzo alla strada, solo è girata dall'altra parte, non mi vede arrivare. Mi avvicino piano e le metto una mano su una spalla e quando si gira veloce e mi riconosce mi manca il fiato, mi sorride in un modo che anche se ero una guardia svizzera, in un momento così, sicuro che perdevo la mia nota calma il mio leggendario distacco, secondo me. Ha di nuovo quel profumo buono e caldo di vaniglia e di qualcos'altro dolce e leggero. Dice: Oscar! e penso: Animo, altro che Zurigo! e le do un bacio leggero e veloce e mi viene voglia di dargliene altri cento subito immediatamente. Nina socchiude gli occhi e ride, le guance rosse dalla sorpresa, mi stringe forte le mani, ce ne andiamo giù sottobraccio per la salitina. Si sta bene a fare due passi con Nina, a tenersi sottobraccio, a parlare di non so cosa, a mangiare la farinata calda dentro il cartoccio seduti su una panchina. Non me lo ricordavo com'era, stare così bene con qualcuno, dico, e Nina annuisce e non dice niente, appoggia la testa sulla mia spalla, respira piano, mi stringe più forte la mano. Poi affonda la testa nella spalla, dice: Non te ne andare anche te. È troppo brutto quando la gente sparisce. Promettimelo, che non sparisci anche te da un giorno all'altro. Chiudo gli occhi. Questa poi, penso. Vorrei proprio sapere chi è quel cretino che se n'è andato, che l'ha mollata così. Come fai a lasciar andare una come Nina, non si capisce. Allora dico piano al suo orecchio: Certo che te lo prometto. Solo vorrei anche dirle: No, che non me ne vado. Però guarda che sono messo male, secondo me. Che forse adesso divento maestro di italiano, e per un bel po' addio tango, purtroppo. A quel punto non so cosa succede, forse mi ha sentito, forse il mio cuore ha picchiato un bum più forte, di punto in bianco Nina si solleva dalla mia spalla e sussurra: E il tango, come va?

Di colpo al cuore gli parte una scarica di bum bum bum che secondo me la sente anche Nina, penso: Adesso no, cuore, non lo vedi che non è il momento? Sorrido, tossisco, sciolgo la mano fredda e sudata da quella di Nina, dico: Va benissimo, il tango. Inspiro, espiro, stringo le dita sul bordo della panchetta. Adesso sto per iniziare un corso nuovo, molto interessante, dico, ma a ogni parola il cuore che non molla, picchia più forte, mi rimetto a tossire, quasi mi strozzo. Stai bene? dice Nina, e si vede che è un po' preoccupata da questo strozzamento. Tranquilla, rispondo, e gli intimo: Basta cuore, adesso finiscila subito immediatamente e il cuore borbotta e si zittisce è permaloso, ma forse ha capito che non ce la posso fare, che mi deve aiutare, che a sorridere a Nina e raccontare balle allo stesso tempo non sono capace. Riprendo: Uno di questi giorni se vuoi proviamo assieme qualche passo, se ti va, e Nina spalanca gli occhi grandi, dice: Sarebbe bellissimo!, mi stringe forte le mani, mi bacia piano sul collo a occhi chiusi e non ci capisco più niente. Mi piaci molto, Nina, moltissimo, le sussurro all'orecchio e mi viene in mente Luis che dice: *Que será, será, será*, e forse aveva ragione perché Nina non dice: Ma cosa ti viene in mente, anzi, non dice proprio niente per un minuto, poi un altro, poi solleva la testa piano e si mette l'indice dritto davanti alle labbra e sussurra: Sssst. Dopo non so cosa succede dove andiamo quanto tempo passa, so solo che a un certo punto è buio e siamo abbracciati stretti sotto il portone di Nina e lei dice: A domani, e il giorno dopo ci rivediamo e stiamo bene assieme e la notte non riesco a dormire, e non è perché Carlos fischia che tremano i muri, no no. È proprio che rimango lì a guardare il soffitto con gli occhi spalancati a dire: Cuore, ma quindi, secondo te? Il cuore all'inizio non dice niente, si sente che non mi vuole dare soddisfazione, poi però gli partono due o tre bum bum di incoraggiamento e alla fine accelera impenna e mi picchia nell'orecchio come una volta, bum bum bum e poi gli esce un: *Oscar! Forseeeee, ma forseeeee, ma sììììììì!* Solo, ha una voce che non mi convince. Ti sento un po' stanco, un po' teso, cuore, animo, che magari per una volta c'è da star contenti, penso, mi giro e mi rigiro nel letto, poi per addormentarmi ripeto due o tre volte: Sssst, come fa Nina quando mi parte una chiacchiera che non si ferma più, ho notato delle volte quando sono con lei mi succede così, all'improvviso.

Mi giro e mi rigiro e non riesco a dormire, e non c'è Sssst che tenga. Bravissimo Oscar, penso, proprio una bella idea. Che lo so io cos'è che non ti fa dormire, penso. Che adesso che glielo hai detto, Nina te lo ha anche ripetuto due volte, se davvero la porti a ballare, uno di questi giorni. Bravissimo, vai, vai a ballare con Nina. Che tanto ovunque la porti a ballare da queste parti, come minimo ci incontri Maria, o il Ciuffo, o qualcun altro dei soliti che ti conosce. Che poi non ci sarebbe niente di male se ti vedono ballare con Nina, forse. Solo, c'è questo pensiero fastidioso che mi gira in testa, da quando Giovanni me l'ha raccontato. Maria che piange e sta male e si dispera per il Ciuffo. Maria che mi pensa e guarda caso passava proprio di lì. Che allora mi citofona a casa e non mi trova e racconta tutto a Giovanni, di come sta male, forse avrà detto anche che le manco, chissà. Stendo la mano verso il muro, c'era Maria lì, una volta. Penso che allora forse potrei mandarle un messaggio, uno di questi giorni, sapere come sta. L'ultima volta però, poi basta. Oppure forse è meglio di no invece, non lo so, non so più niente. Intanto bisogna portare Nina a ballare, poi con Maria vediamo, penso, mi giro e mi rigiro nel mio lettino e intanto Carlos ha smesso di fischiare come un treno allora forse ce la faccio, a addormentarmi.

Mi sveglio con un'idea che mi sembra intelligentissima, mi dico: Bravo Oscar, bravissimo, telefona a Bianca che gliela racconti, la tua idea brillante. Vedrai che Bianca dice: Che idea, ma certo, assolutamente, sì sì sì. Allora telefono a Bianca: Pronto! e le racconto quest'idea molto interessante. Bianca dice: Oscar! poi mi ascolta zitta cinque minuti, poi dice: Ma assolutamente no, non se ne parla neanche, scordatelo, ma te sei tutto scemo. Allora spiego e scongiuro e imploro e la tengo mezz'ora al telefono. Bianca, ti giuro che non succede niente, dico, e aggiungo anche varie altre cose disperate con questa voce supplichevole che mi esce a sorpresa e non me la riconosco. Però alla fine si vede che funziona, che infatti dopo sono le undici di sera e sono davanti alla palestra dove insegna Bianca con un mazzo di chiavi in mano e Nina di fianco che mi stringe forte le dita e dice: Ma sei sicuro? Come no, sicurissimo, dico, tranquilla, e anche stavolta mi esce una voce che non me la riconosco. Però ora si capisce che vuol dire: Forse, non so, speriamo bene. Do due giri di chiave nella serratura di sopra, poi due in quella di sotto come mi ha spiegato Bianca, spingo piano la porta e tasto con le mani a destra, cerco l'interruttore. Si accende la luce del neon gialla e fredda, illumina il centro yoga uguale a sempre, solo che adesso sono le undici di sera e ci siamo solo io e Nina che mi guarda con quegli occhi grandi come a dire: Ma dai, ma siamo sicuri? Spengo tutto e la prendo per mano e in un attimo siamo nel salone grande, quello dove insegna Bianca, la luce dei lampioni filtra chiara dai finestroni, i tappetini da yoga dormono sul muro di lato. Ho promesso a Bianca che nel salone non accendiamo né la luce né la musica, che se qualcuno si accorge che Bianca mi ha dato le chiavi finisce malissimo. Bianca ha anche detto: Oscar, ti prego, ti scongiuro, mi raccomando. Prendo Nina per mano, la porto al centro della sala e le canto piano all'orecchio *Desencuentro*, versione Aníbal Troilo vecchia maniera. Nina è leggera e un po' rigida, ride piano, sussurra quando guarda per terra e dice: Non sono capace, non mi ricordo, ma si capisce quasi subito che è brava, che conosce molti passi. Solo, ha delle scarpe da ballo un po' messe male. Belle, un po' all'antica, con il tacco lucido, ma le suole sono consumate, non scivolano quasi più. Forse dovrei cambiarle, dice, e ogni tanto si guarda i piedi e si sente che si vergogna, che fatica a lasciarsi andare. Allora la stringo più stretta. A ogni giro il cuore fa un bum più forte. Non mi ricordo più niente e non ci sono e non lo so cosa succede, so solo che sto bene in questo buio con Nina a volteggiare sempre più veloci dentro il suo profumo di vaniglia e di freddo e di qualcos'altro di buono e morbido che si sparge leggero tutto intorno. Nina mi abbraccia più forte, e ride quando Aníbal suona pianissimo nel telefono, l'ho infilato nella tasca di dietro dei pantaloni, così si sente appena appena.

Il giorno dopo, non lo so cosa mi viene in mente. So solo che mi è venuta su nello stomaco una sensazione a ballare con Nina, ad abbracciarla forte sotto il suo portone alle due del mattino che non me la ricordavo più. Non te ne andare, mi ha detto Nina all'orecchio, adesso che ti ho trovato. Voglio ballare di nuovo con te, non sparire, e si è chiusa dietro il portone. Chiedo al cuore, sicuro che lui ha qualcosa scritto per questi momenti qui. Cuore, cuore, si può sapere cosa ho in testa? Che dovrei essere contento da quanto siamo stati bene con Nina a ballare il nostro tango dei poveri, con un soffio di musica, senza luce, con le scarpe messe male di Nina. E invece cosa mi deve venire in mente non lo so. Sarà che mi si è smosso qualcosa dentro a ballare stretto a Nina, a cantare Aníbal Troilo sottovoce appena sotto al suo orecchio. So solo che sono due ore che ci penso, guardo il telefono, apro la rubrica, cerco: Maria, guardo il numero, non faccio niente. Avanti così per mezza giornata. Mi siedo, inizio a correggere i compiti, a preparare la lezione di italiano per la sera, guardo il telefono, cerco il numero, metto via il telefono, mi faccio gli spaghetti. Mangio gli spaghetti, mi rimetto a correggere i compiti, mi faccio un caffè, lavo i piatti, guardo il telefono, cerco il numero, metto via il telefono. A correggere i compiti, mi sembrano tutti scritti come scriveva Maria quando era agli inizi. Allora niente, prendo il telefono, cerco il numero, trovo: Maria, leggo il numero: Tre quattro sette eccetera, lo rileggo per cinque minuti, in silenzio. Metto via il telefono.

Dopo la lezione, di sera, siamo stanchi, abbiamo fatto tanti progressi stasera. Secondo me si sentiva che c'era qualcosa di diverso dal solito, Carlos mi ha anche detto, uscendo: Hai visto che bravi, stasera. Secondo me gli ha detto qualcosa Ernesto, che mi guardavano in un modo strano, forse gli ha detto che può essere che rimango, chissà. O forse mi hanno visto parlare con Ernesto sulla porta, mentre andavano tutti via, mentre scioglievano le biciclette dai pali. Ernesto mi ha preso da parte, ha detto: Oscar! Come andiamo? con una faccia che voleva dire: Ci siamo capiti, mi raccomando. Gli ho risposto: Ernesto! Tutto bene, e subito il cuore è partito a raffica con dei bum stizzosi che mi fanno girare la testa. Mi sono appoggiato alla porta. Allora fra un paio di giorni ti dico qualcosa, se per te va bene, gli ho detto, mi ha risposto: Benissimo, ti aspetto, e poi ha sorriso e ha detto: Ci conto, Oscar! e mi ha battuto piano con la mano sulla spalla. Il cuore ha dato un bum più forte quando mi ha toccato, ha urlato dentro il mio orecchio: *Oscar, digli: Non sono gli uomini a tradire, ma i loro guai!* Invece ho detto: Certo, certo, ci sentiamo presto, buonanotte.

Poi non lo so, cosa mi è preso. So solo che è tardi, sono seduto al tavolo della cucina, le gambe allungate, le mani incrociate dietro la testa, Carlos che mi dice: Vabbè, io vado a dormire, ti serve il bagno? e tira giù le ultime due dita di birra. Pulisce il tavolo, butta via due lattine, mette anche il mio bicchiere vuoto nel lavandino. Vai, vai pure tu, dico, e Carlos scivola nel corridoio, si sente tlac tlac tlac, la porta che si chiude, e poi l'acqua che scorre nel lavandino. Erika e Luis forse dormono, o forse non sono in casa, non lo so. So solo che c'è un silenzio, in questa casa, e un freddo stasera che non ci si crede. Allora chiudo gli occhi, penso: Cuore, cuore, ma secondo te? Ma il cuore se ne sta lì fermo, zitto, non dice niente, neanche un bum minuscolo. Tiro fuori il telefono dalla tasca, schiaccio su: Messaggio, e poi: Componi, e poi dai tasti viene fuori: Ciao Maria, come stai? Buonanotte. Metto un dito sul tasto verde, chiudo gli occhi, penso: No, no, no, invece poi è un attimo quando schiaccio: Invia.

Maria mi ha risposto alle tre del mattino, ma non ho sentito il messaggio. Mi sono alzato, lavato, fatto il caffè, poi ho guardato il telefono. Avevo pensato: Vedrai che non ha risposto. Sicuro sicurissimo cento per cento che non risponde. Invece adesso sono lì che guardo il telefono c'è scritto: Ciao Oscar, tutto bene e tu? Buonanotte y abrazos. Per questa storia degli abbracci a Maria la prendevo un po' in giro. Che tutti i suoi messaggi, a chiunque, finivano sempre con: Abrazos. Allora le dicevo, te secondo me abbracci un po' troppa gente. Solo stavolta era strano pensare che Maria mi mandava gli abbracci alle tre del mattino. Allora qualcosa dobbiamo rispondere per forza, penso. Solo che non saprei cosa dire, che ho sentito un bum sospetto a pensare agli abbracci che mi manda Maria a quell'ora lì. Mi viene in mente Nina che dice: Sssst, Ennio che dice: Fuori dalle balle, il padrone della sala da ballo che dice: Cosa vuoi andarci a dirci. Allora penso che potrei scrivere: Ciao Maria, grazie per gli abbracci, però a quell'ora lì forse è meglio che dormi. Poi penso: Bravo, bravissimo. Prima mandi i messaggi a mezzanotte poi ti metti a dare delle lezioni. Allora non va bene, riprovo. Potrei scrivere: Ciao Maria, tutto bene, anche se ho ballato stretto a una che non eri tu, e cos'è questa storia che il Ciuffo ti tratta male, vedi che poi finisce che ti mando i messaggi a mezzanotte, mi dispiace che ti ho svegliato, buongiorno. Invece scrivo: Ciao Maria, mi fa piacere, ho delle mele di Giovanni da darti, se ti vanno, un abbraccio anche a te. Metto via il telefono. Passa un minuto, sento ping! ping! È Maria. Allora non so cosa mi dice la mia testolina, so solo che andiamo avanti mezz'ora a dita che picchiano sui tasti, a ping! ping! uno dietro l'altro, a scariche di bum bum che mi scoppia l'orecchio. Non lo so, cosa mi è venuto in mente. So solo che l'ultimo messaggio dice: A domani, allora. Abrazos :). Quando lo rileggo il cuore fa un bum profondo, sordo, si sente che non è convinto. Dico: Cuore, cuore, adesso non ti ci mettere anche tu però, lo vedi che sono messo male. Invece niente, il cuore non si commuove neanche un po', se ne sta da qualche parte a borbottare, ogni tanto fa un bum di protesta quando mi metto a correggere i compiti in cucina.

Sarà due ore che sono lì con i libri, i quaderni, la penna rossa in mano, penso: A un certo punto toccherà anche andare da Ernesto, che gliel'ho promesso. Prima però c'è da fare varie cose. Primo, c'è da fare il bancomat e pagare l'affitto, che oggi è il venticinque. Secondo, prima di parlare con Ernesto c'è da chiamare Bianca, che gliel'ho promesso quando ha detto: Mi raccomando, niente decisioni affrettate! Terzo, ci sarebbe da leggere un messaggio, che sarà mezz'ora che è lì che lampeggia. Solo, ho un presentimento strano dentro lo stomaco. E il cuore fa un salto dentro l'orecchio ogni volta che guardo il telefonino, ogni volta che leggo: Nuovo messaggio. Bum. Allora questa terza cosa non so se ce la faccio, a farla per ultima. Riprendo la penna in mano, sfoglio due pagine, metto giù la penna, riprendo in mano la penna, correggo un congiuntivo di Salim, metto giù la penna, giro la pagina del quaderno. Chiudo gli occhi, inspiro, espiro, affondo la testa nelle pagine di *Andiamo!* Basta, basta così. Schiaccio: Leggi, c'è scritto: Grazie per una serata speciale :-) Nina. Allora me ne sto lì a guardare per terra, il cuore che picchia all'orecchio, le dita strette a pugno sulle tempie. Solo, devo stare attento a non macchiare il quaderno di Salim. Basta che rileggo il messaggio altre due o tre volte che gli ho già annacquato di lacrime un paio di congiuntivi.

Mi sciacquo la faccia con l'acqua fredda, sfrego forte le guance, gli occhi, scuoto la testa, penso: Allora. Affitto, Bianca, il resto non lo so, forse, vediamo poi dopo. Guardo l'orologio, a quest'ora Bianca dovrebbe avere finito la lezione, potrei aspettarla all'uscita. Mi metto le scarpe, esco, faccio il bancomat. Ogni volta che escono i miei soldi mi sembra che siano tantissimi, troppi, anche se l'affitto è sempre quello. Leggo il foglietto del saldo che esce dalla fessura, inspiro, espiro, rileggo, lo rigiro tra le dita. Mi viene in mente Ernesto che dice: Ci conto!, il Ciuffo che sorride dentro il suo colletto inamidato, la cassetta della posta vuota nel mio vecchio palazzo. Allora stringo il foglietto dentro il pugno, lo schiaccio in fondo in fondo alla tasca dei pantaloni, fino a quando non lo sento più tra le dita. Sciolgo la bicicletta dal palo, pedalo veloce giù per la discesa, non me lo riconosco questo modo di passare col rosso, di sfiorare a pelo le macchine contromano. Quando Bianca esce e mi vede davanti al portone spalanca gli occhi, dice forte: Oscar! e fa una faccia che si capisce che oggi a guardarmi c'è da aver paura. Mi sfiora la fronte con due dita, poi mi prende sottobraccio, dice: Andiamo.

Con Bianca abbiamo mangiato assieme, abbiamo parlato e parlato e parlato fino a quando il ragazzo dietro il bancone ci ha guardato in un modo che voleva dire: Adesso dovete proprio andare. Bianca ha pagato, quello dietro al bancone ha detto: Ciao ragazzi, grazie, e siamo andati via sottobraccio, con quel po' di vergogna di quando a quarant'anni mi chiamano ragazzo, non so perché mi fa questo effetto quando mi capita. Due ore dopo giro il cucchiaino nella tazza del tè di Faris, mi sono portato i quaderni per correggere i compiti qui, che a casa mi vengono i pensieri tristi. Avevo cominciato, poi mi era venuta in mente Bianca che parla e parla, il messaggio di Nina, il foglietto del saldo in fondo alla tasca dei pantaloni. Allora sono venuto qui, Faris mi ha visto entrare e forse ha capito qualcosa, ha fatto un mezzo sorriso, ha indicato con un cenno l'ultimo tavolo libero in fondo. Oggi da Faris c'è parecchia gente, non c'è verso di concentrarsi bene anche se me ne sto lì con le mani schiacciate sulle orecchie, gli occhi sulle frasi da correggere. Ogni tanto alzo gli occhi penso che non so cosa dire cosa fare come va a finire, però si sta bene con queste voci arabe che entrano e che escono, che ridono con Faris, che battono i bicchierini del tè sul bancone, con le solite lagne mediorientali di sottofondo, la luce gialla del pomeriggio tardi che sale dal porto. Si sta bene, tranne questi giramenti di testa che non me li spiego, e il braccio sinistro che ancora tira, ogni tanto. A pensarci potevo chiederlo a Bianca, sicuro che aveva qualche posa di yoga da farmi fare, o qualche tisana delle sue per questi casi. Passa un'oretta e comincia ad andare via qualcuno, Faris lascia dietro al bancone Karim, si viene a sedere di fronte a me, dice: Amico mio! e mi allunga un piattino dei suoi dolci dolcissimi. Mi fissa, dice: Allora? In che senso, rispondo, e vedo che mi guarda di traverso, vuole che gli racconto qualcosa. Allora sei qua da solo, stavolta, e quando dice: Stavolta, penso: Ecco, e mi strozzo con il mio dolcetto al miele a pensare che l'ultima volta che ci siamo visti ero qui con Nina. Tossisco nel bicchierino del tè, non dico niente. Sento gli occhi di Faris addosso. Tossisco ancora, inspiro, espiro, dico: È una storia lunga, e Faris sorride, annuisce, muove le mani piano avanti e indietro, dice: Piano, piano, *inshallah*.

Ce ne stiamo lì a mangiare i dolci, a bere il tè, tutti e due zitti per cinque minuti. Poi sospiro, dico: Non lo so cosa dirti, Faris. So solo che è un casino, e Faris fa una faccia seria, annuisce, mi riempie di nuovo il bicchiere di tè, picchietta con le dita sul tavolo mentre gli racconto tutto di Nina, di Maria, e anche di Ernesto. Gli ho persino letto l'ultimo messaggio di Nina. Ma non le hai nemmeno risposto? mi ha detto, e ha scosso molto la testa a destra e a sinistra. Allora più tardi quando ci salutiamo con Faris resto un po' lì fuori sulla porta, è già buio, non passa nessuno. Tiro fuori il telefono, il cuore si vede che mi aspettava al varco, si mette a saltare nell'orecchio, bum bum bum, urla: *Oscar, scrivi: Ho guardato dentro un'emozione e ci ho visto dentro tanto amore!* Penso: Non lo so cuore, però, forse, e poi a Maria che scrive: Abrazos alle tre del mattino, a Nina che mi stringe forte al buio sotto al suo portone. Allora scrivo solo: Grazie a te Nina. Buonanotte. Schiaccio: Invio e di colpo mi si spalanca questo buco nero gigante nella pancia che se ne sta lì anche quando finisco di correggere i compiti, non faccio caso nemmeno a Luis quando rientra a casa allegro con una pizza enorme, dice: Ce n'è per tutti! Quando gli dico: Grazie Luis, ma stasera non ho fame, lui spalanca gli occhi, mi guarda in un modo che lo sa, che qualcosa non va bene, però non dice niente. Vado a letto prestissimo, la faccia schiacciata nel cuscino al buio. Faccio finta di dormire anche quando Carlos entra in camera, dice: Ah, scusa, poi spegne la luce, dice: Buonanotte.

Al mattino dopo mi sveglio prestissimo, salto giù dal letto, penso: Sì, d'accordo, poi ci pensiamo a cosa dire, cosa fare, dopo però. Intanto adesso fatti la doccia, la barba, asciugati i capelli per bene, con la spazzola. Maria ultimamente fa anche lezione agli anziani, un nuovo corso di mattina. Inizio presto, mi aveva scritto. Le avevo risposto: Allora potremmo fare colazione assieme, se ti va. Quando guardo l'orologio di nuovo sono le otto del mattino. Sento le guance lisce, i capelli appena bagnati di gel, guardo le scarpe lucide sotto i jeans appena stirati mentre esco, mi chiudo piano la porta alle spalle. Con Maria siamo d'accordo che facciamo colazione in un bar che piace a lei. Va benissimo, ho detto, quando mi ha spiegato dov'è. È in una zona che non c'entra niente con Maria. L'aveva detto proprio lei, anni fa, quando ci eravamo andati a vedere degli appartamenti in affitto. Tutti bellissimi, roba di lusso, che allora dovevamo trovare qualcosa in fretta e non conoscevamo i posti, ci eravamo fidati di un immobiliare che aveva detto di non preoccuparsi, che ci pensava lui a trovarci qualcosa subito immediatamente. Chissà cos'aveva sperato, quello lì, a farci vedere dei posti così di lusso. Che infatti ci era quasi dispiaciuto per lui a guardarlo in faccia quando aveva capito che non c'era verso, al secondo o terzo appartamento che ci aveva fatto vedere. Dopo avevamo fatto una passeggiata, Maria si era fermata a guardarsi intorno, era pieno di negozi tutti uguali, di gente che sgomitava sotto gli ombrelli, di fretta. Maria aveva detto: Non c'entra niente, con me, questo posto, ed era finita lì, eravamo andati ad abitare da un'altra parte. Comunque almeno ci arrivo a piedi dalle parti di via Roma anche se ho lo zaino pesante, pieno di mele di Giovanni. Sono lì che mi sudano le mani, mi gira di nuovo la testa. Faccio avanti e indietro davanti all'entrata, non la sento arrivare quando mi tappa gli occhi da dietro le spalle con le sue manine, dice: Sorpresa!

7
Che se me lo dicevano non ci credevo

Penso che Maria per dei mesi non c'è stata, nella mia vita. Che se me lo dicevano non ci credevo che si poteva essere vivi senza il tango, e senza Maria, per dei mesi lunghissimi. Invece adesso è seduta di fronte a me e mi guarda, sorride, ogni tanto dà un morso minuscolo a una brioche, manda giù piano un sorso di cappuccino. So solo che il cuore si è ammutolito, tranne un bum solitario iniziale, e poi di colpo una scarica fortissima di bum bum bum così, di punto in bianco, mentre giravo il cucchiaino nel caffè. Stai buono, cuore, ho pensato, che non è come la vedi tu. Maria ha gli stessi occhi sottili, le stesse labbra rosse. Solo, ha due guance scavate, pallide, le labbra un po' più tirate quando sorride e dice: Cosa ci faccio adesso, con tutte queste mele? quando le do il sacchetto di Giovanni. Poi diventa seria per un attimo, dice: Te lo ricordi, quando mi sbucciavi le mele? Me lo ricordo, dico, e quasi quasi direi anche: Ma il Ciuffo, invece, te le sbuccia le mele? Invece stringo forte la tazzina con il pollice e l'indice e non dico niente. Invece Maria tira il fiato, va avanti: Ho sbagliato, ho sbagliato tutto, e guarda il fondo della tazza, ogni tanto gira il cucchiaino avanti e indietro. Poi di colpo si passa veloce la mano sugli occhi, avanti e indietro, e fa quel rumore forte di quando uno tira su col naso. Cuore, non lo so se ce la faccio, se si mette a piangere, penso. Se si mette a piangere siamo rovinati, cuore, e Maria forse ha sentito, l'ho vista che guarda di lato, gli occhi bassi, anche se fa finta di niente. Allora il cuore salta su e picchia e scalpita e urla: *Oscar, devi dire: E adesso invece non ci credo più, non credo più a niente!* Invece è Maria che parla per prima.

Mi dispiace tanto, dice. Mi dispiace, mi dispiace, mi dispiace, ripete, e le va via la voce quando scuote la testa, guarda di lato. Allora non lo so, cosa devo fare. So solo che è un attimo che mi metto ad asciugare le lacrime di Maria piano piano, le sfioro la guancia con due dita fino a quando mi stringe forte la mano, dice: Ho sbagliato tutto, mi dispiace, mi dispiace tanto. Il cuore fa un bum fortissimo, non molla, picchia, insiste: *Oscar, devi dire: Spero che ti sia divertita!* Non fare così, cuore, sentiamo cosa dice, e aspetto. Infatti Maria fa due o tre singhiozzi, poi tira su col naso: Non avevo capito niente, dice.

Era successo che il Ciuffo era diventato sempre più geloso, gelosissimo, si era messo a farle delle scenate senza motivo, di colpo, davanti a tutti. All'inizio le era sembrata una cosa romantica, passionale. Ma poi finiva sempre peggio, non le parlava per dei giorni, era diventato impossibile farci lezione assieme. Alla fine erano arrivati alle minacce, non la faceva uscire delle volte, se pensava che qualcuno l'aveva guardata in un certo modo. Era finita che se n'era dovuta andare da casa sua. Per stare bene di nuovo come prima, dice, solo che non lo sapevo che stavo bene, e mi ha fissato e le è venuto fuori questo sorriso triste, gli occhi rossi.

Aveva preso le sue cose e via, una notte che stava finendo alle mani, se n'era andata. Lui la cercava ancora, per fortuna non sapeva dove era andata a stare di casa. Prima sono stata un po' da Carolina, dice, poi però me ne sono dovuta andare, che era un casino, in tre. Ho preso il primo monolocale che ho trovato. Se ti dico quanto mi costa..., e fa una smorfia triste, manda giù veloce l'ultimo sorso di cappuccino. Per tutto il tempo il cuore non ha smesso un attimo di picchiarmi dentro l'orecchio. Alla fine è scoppiato, ha urlato: *Oscar! La mia vita non la rischio più, per nessuno e per niente!* Chiudo gli occhi, tiro il fiato, sento il profumo di Maria vicino vicinissimo che mi scende fin dentro la gola, penso: Forse hai ragione cuore, però, e le stringo la mano più forte. Maria guarda ancora giù, dentro la sua tazza. Solo dopo un po' sorride appena appena, si asciuga gli occhi, dice: Ho sbagliato tutto, tesoro mio, mi dispiace tanto. Tesoro mio è una cosa che a Maria non gliel'ho mai sentita dire, da quando la conosco. Infatti quando Maria dice: Tesoro mio, il cuore fa un bum di sorpresa, urla: *Questa poi! Ma quando mai!*, poi si zittisce, ma lo sento che è lì che borbotta indignato. Mando giù il caffè, con un dito le asciugo la guancia, dico piano: Anche a me, mi dispiace tanto. Non lo so, cosa possiamo farci, però mi dispiace tanto. Maria tira su con il naso, mi stringe le dita. Neanch'io lo so. Ma tu, mi perdoni?

Un'ora dopo sono al laboratorio sociale, oggi c'è poca coda, Ernesto mi ha fatto un cenno quando sono entrato, ha sorriso, ha continuato a parlare al telefono. Mi siedo, rilasso le spalle, il collo, stiro le braccia ma non c'è verso, continua a girarmi la testa. Anche quando ho salutato Maria, all'uscita del bar, l'ho stretta in un abbraccio indolenzito che non me lo riconosco. Passerà, penso, e sorrido a Ernesto che continua a parlare al telefono e mi fa un cenno con la mano come per dire: Arrivo, arrivo. È gentilissimo al telefono, Ernesto, che quasi quasi forse era meglio se telefonavo, penso. Allora mi viene in mente il telefono, Nina non mi ha più scritto, chissà cosa avrà pensato del mio ultimo messaggio. È proprio un cretino, avrà pensato, e le darei anche ragione, a pensarci bene. Nina seduta sulla panchetta del centro yoga, come quella volta che ha messo la sua mano sulla mia, direbbe: Oscar, prima mi porti a ballare a mezzanotte, da soli, di nascosto, poi sparisci non ti vedo non ti sento, tranne un messaggio triste e pure tardivo, ma sei cretino? Allora le direi: Non è proprio come la vedi tu, Nina. È una cosa molto complicata che c'è di mezzo le mele di Giovanni e Maria che si mette a piangere dentro la tazza del cappuccino ed Ernesto che sorride moltissimo, ma tocca dargli una risposta. C'è di mezzo anche il foglietto del bancomat, e le scarpe da tango in fondo in fondo al mio armadietto, le direi. Allora Nina mi direbbe: Ma cosa vuol dire il foglietto, le scarpe? E se ne andrebbe scuotendo la testa e mi lascerebbe lì da solo a piangere sulla panchetta senza nemmeno il cuore che batte, il mio cuore poverino è esasperato non ce la fa più, si metterebbe nell'angolino a piangere anche lui a fare due o tre battiti stanchi e senza senso, sicuro.

C'è rimasta solo una persona in coda prima di me, uno di mezza età che parla fitto fitto con Ernesto al bancone della segreteria. Ernesto gli fa vedere qualcosa su un volantino con una penna, poi ogni tanto tira su lo sguardo verso di me, sorride, dice: Arrivo, arrivo, e ogni volta il cuore si agita non ha più nessun ritegno, salta nell'orecchio come un pazzo e picchia dentro la testa, urla: *Oscar! Vien dietro a me, e lascia dir le genti!* Sssst, dico, Cuore, adesso basta, te lo ricordi ottocento euro al mese, sì? Perché se non te lo ricordi te lo ricordo io, allora: Ottocento euro al mese, hai sentito? Ma il cuore non se lo sogna neanche, continua a picchiare, urla: *Libertà va cercando, ch'è sì cara!* Chiudo gli occhi. Stringo forte i braccioli della sedia, inspiro, espiro. Mi scoppia la testa. Penso: Cuore, adesso però basta, basta! e picchio una manata sulle ginocchia tanto forte che anche Ernesto da dietro il bancone se ne accorge, solleva lo sguardo stupito che vuol dire: Un attimo, arrivo. Sento le guance rosse, in fiamme, le mani sudate, dico sottovoce: Cuore, guarda che figure di merda, e il cuore non dice niente e se ne frega, va avanti a picchiare, mi fa ronzare le orecchie anche dieci minuti dopo, quando con Ernesto ci stringiamo la mano. Poi alla fine Ernesto dice: Bravo Oscar, sono proprio contento che siamo d'accordo, e mi dà una pacca sulla spalla, il cuore fa un bum così forte che la stanza si mette a girarmi attorno così, di colpo. Ernesto mi fissa per un attimo, dice: Oscar, ti senti bene? Oscar? Inspiro, scuoto la testa. Tutto bene, solo ho dormito poco, stanotte, dico. Allora Ernesto annuisce, sorride: Mi raccomando, riposati che lunedì cominciamo puntuali, alle otto! Mi fa ciao con la mano mentre risponde a un'altra chiamata, la sua faccia incollata al telefono mentre chiudo la porta.

A casa Carlos e Luis erano seduti a tavola. Hanno detto: Bravo! Congratulazioni! hanno aperto una bottiglia di birra di quelle grandi, da tre quarti, per festeggiare. Si vedeva che erano contenti, hanno riempito tre bicchieri alti di schiuma sotto la luce gialla del neon. Grazie, grazie, tutto grazie a voi, ho detto, e ho mandato giù anche una forchettata di spaghetti, che Luis ha insistito tanto. Grazie Luis, sono buonissimi, solo che non ho tanta fame, ho detto a Luis che mi guardava in un modo, si capiva che non era convinto. Poi ho anche detto: Ci vediamo dopo, che devo scappare, ero venuto solo a prendere i libri, e Luis e Carlos mi guardano in un modo che non lo capiscono perché non sono contento di stare al mondo con il mio lavoro nuovo di zecca da ottocento euro al mese. Però forse hanno capito almeno che è meglio non fare troppe domande, rispondono assieme: Grazie, anche a te, quando sono già in corridoio che dico forte: Buon appetito, e prendo la porta, penso: Via, via, il più lontano possibile. Mi metto a fare le scale di corsa ma devo fermarmi, il sudore freddo mi scende giù per la schiena. Non mi interessa, cuore, ottocento euro al mese, puoi fare tutte le sceneggiate che vuoi.

Sei puntualissimo, ha detto Ernesto quando mi ha visto, lunedì mattina. Infatti mi ero alzato presto, ero arrivato prima di lui, e per un bel po' ero rimasto lì a guardare per terra mentre lo aspettavo sul marciapiede. Ernesto era arrivato un po' in ritardo, dieci minuti che quasi quasi ci avevo creduto. Non arriva più, stai a vedere. Sicuro che non arriva. Anzi, arrivare arriva, ma poi vedrai che scuoterà la testa, dirà: Guarda, Oscar, mi dispiace, non se ne fa più niente. Le braccia larghe, gli occhi bassi. Abbiamo cambiato idea all'ultimo, dirà, abbiamo preso un altro, un maestro di quelli veri, direbbe. Allora spalancherò gli occhi, ma giusto un attimo, poi gli dirò: Peccato, Ernesto, ma non ti preoccupare, ti capisco. Mi stringerò nelle spalle, la testa inclinata da un lato, dirò: Avete fatto bene a prendere un maestro vero, altroché. Poi me ne andrò piano piano con la faccia triste. Però in realtà dentro starei pensando: Ce la siamo scampata, cuore, adesso poi per i soldi vediamo ma intanto ce la siamo scampata, e il cuore farebbe grandi salti di gioia, smetterebbe di farmi scoppiare la testa, forse canterebbe anche qualcosa da grandi occasioni, tipo Carlos Gardel. Allora farei anche due passi di tango al volo intorno al palo dove avevo legato la bicicletta. Invece poi Ernesto era arrivato, dieci minuti di ritardo ma era arrivato, aveva detto: Sei puntualissimo, bravo! e mi aveva piazzato subito dietro al bancone a guardare come si facevano le cose. Con tutto quello che c'era da fare, di lunedì, meno male che ero arrivato in orario, aveva detto. Sorrideva e mi allungava pacchi enormi di moduli da mettere assieme a due a due, poi attaccarli con la spillatrice, che servivano da far firmare in fondo, davanti e dietro, sopra e sotto, prima che i nuovi iscritti inizino qualunque corso. Mi raccomando Oscar, ordinati, precisi! aveva detto, e aveva iniziato a rispondere al telefono e parlava e parlava e ogni tanto mi guardava da dietro i suoi occhiali rotondi mentre piegavo i moduli in due, li spillavo, poi li mettevo dentro la loro cartellina ordinati, precisi, con il cuore che se ne stava zitto, offeso. Ogni tanto faceva un bum di disperazione così forte che mi tremavano le mani, roba da stare attenti con la spillatrice.

Poi, niente. Passa una settimana, due, poi tre di moduli da piegare a due a due, di registri delle presenze, di nuovi Salim e Mohammed e Omar che di lunedì e di mercoledì scuotono la testa per un'ora e mezza dentro *Andiamo!*, di telefono che squilla, squilla, squilla, Ernesto lo guarda, sorride, dice: Oscar, puoi mica? mentre spiega a qualcuno riga per riga i moduli da firmare, davanti e dietro, ordinati, precisi. Ogni volta che Ernesto guarda il telefono, sorride, mi dice: Puoi mica? penso: Cuore, sei sempre lì? ma il cuore offeso non dice quasi più niente, solo ogni tanto spara due o tre bum dolorosissimi su per il petto a tradimento, così forti che ogni tanto mi devo fermare, prendere fiato, stringere bene le dita sul telefono quando tiro su e dico: Pronto, buongiorno, sì, dica pure. Solo, un pomeriggio c'è una voce che non me l'aspettavo, dentro al telefono, dopo: Dica pure. Anche il cuore se n'è accorto subito, ha cominciato a picchiare ancora più forte quando ho sentito: Ciao Oscar, sono Nina, come stai? Ho stretto la cornetta, le guance in fiamme, il cuore è impazzito, ha urlato: *Oscar, devi dire: Se ti potessi dire, quante volte ho pianto per capire!*

Sento Nina che respira lontano, dico solo: Nina, e rimango lì senza fare niente, il cuore che picchia, insiste, urla: *Oscar! Te lo ricordi? Smettere di rovinare sempre tutto, per colpa della solitudine!* Mi sento addosso lo sguardo di Ernesto che dal fondo del bancone mi fissa, annuisco, faccio una faccia che vuol dire: Tutto bene, ma si vede che vuol dire anche: Adesso no, per favore. Allora forse Ernesto capisce, si rimette a fissare i suoi moduli. Inspiro, espiro, penso: Rovinare tutto no, dico piano: Nina, come stai? e per fortuna è un momento che non c'è nessuno in coda al bancone, perché anche Nina parla a bassa voce e dice: Tutto bene, grazie, solo non ti ho più sentito, al cellulare... e non dice più niente e si capisce che le dispiace, che non ho più risposto alle chiamate, ai messaggi che mi ha mandato. Sento le dita sudate, il cuore impazzito dentro lo stomaco e su per la gola non molla, picchia, urla: *Oscar, devi dire: Se sei tu il mio destino, allora portami via!* Inspiro, espiro, dico: Va bene, cuore. Mi trema la voce quando attacco: Nina, se sei... Invece poi non mi esce più niente. Non ce la faccio, cuore, penso. Tossisco, sento Nina che respira piano, aspetta. Se sei... arrabbiata, ti capisco, Nina, dico, e ho le guance in fiamme, abbasso la testa dietro al bancone. Allora il cuore si spegne con un bum di delusione che mi fa malissimo, poi non dice più niente, nemmeno quando insisto: Ti capisco, Nina, ma volevo dirti, è meglio se non ci sentiamo per un po'. Magari ci sentiamo più avanti, forse.

Quella sera Maria è venuta a casa con la pizza e il gelato per tutti, era da un paio di settimane che veniva a trovarmi quasi tutti i giorni, era già diventata amica di Carlos e Luis dalla prima volta che era salita a vedere come stavo, se mi ero fatto degli amici nuovi, aveva detto. E ogni volta si vedeva che era contenta di vedermi, rideva, mi stringeva la mano ogni tanto, e mi guardava in un modo che Carlos diceva, dopo un po': Be', io vado a dormire, ma voi rimanete pure, e Luis un attimo dopo diceva anche lui: Anch'io vado a dormire, che è tardi, buonanotte, e si chiudevano dietro la porta a vetri della cucina e ci lasciavano da soli sotto la luce gialla. Allora Maria diceva: Sono così felice che ci rivediamo, e mi accarezzava piano la fronte con due dita, allora non ci capivo più niente, affondavo la testa dentro la sua spalla, sotto le sue dita che mi stringevano piano, come quando ballavamo assieme. Quella sera quando era andata via era tardissimo, però avevo pensato: Due minuti, due minuti poi basta, e avevo tirato fuori le scarpe da tango dall'armadietto, piano piano, per non svegliare Carlos. Erano ancora lucide, i lacci sottili, le suole lisce sotto le dita quando le accarezzavo, me le giravo e rigiravo tra le mani. Ho pensato a Maria che dice: Mi perdoni?, a Nina che mi stringe leggera al buio, che balla nella luce dei lampioni. Mi scoppiava la testa, ho detto: Basta, basta così, ho rimesso le scarpe nell'armadietto, in fondo in fondo, mi sono messo giù, la testa schiacciata dentro al cuscino. Ma il cuore non ne voleva sapere, non mi lasciava in pace nel mio lettino, urlava: *Oscar! Ho guardato dentro una bugia, e ho capito che è una malattia!* Allora mi giravo e mi rigiravo, rispondevo: Ti sbagli, cuore, non hai capito che stavolta è sincera Maria, hai visto come mi guardava. Il cuore aveva picchiato sempre più forte, mi teneva lì a occhi spalancati fino a tardi tardissimo, aveva urlato: *Io che qui sto morendo, e tu che mangi il gelato!* fino a quando avevo chiuso gli occhi. Solo allora il cuore ha smesso di picchiare, di farmi ripassare mille volte dentro la testa la scena con Nina, lei che respirava piano dentro al telefono, io che parlavo e parlavo, lei che non diceva niente, rimaneva lì zitta, poi metteva giù. Stavo tutto stretto nelle spalle nel mio lettino con un gran male al cuore, al braccio, alla testa. Poi di colpo un bum fortissimo, secco, una scossa elettrica dal cuore alla testa. Allora ho capito che era troppo tardi, che stava succedendo qualcosa di brutto, che non c'era più niente da fare. Ho stretto forte i denti, tremavo che scuotevo il letto. Ho urlato: Aiuto, poi un'altra scossa fortissima, il buio.

8
Fa un freddo e c'è una luce

Fa un freddo e c'è una luce, di quella luce dorata di quando sta facendo buio, che sembra Buenos Aires d'inverno. Anzi, è proprio Buenos Aires, e questa è plaza Dorrego, e dev'essere domenica sera, perché le coppie si stanno scaldando ai bordi della piazza, provano gli ultimi passi di tango, si capisce che stanno per cominciare. Ma cosa ci facciamo, a Buenos Aires, io e te? chiedo a Carlos. Che infatti di fianco a me c'è Carlos, e un po' più lontano c'è anche mio nonno, lo vedo che beve e fuma e gioca a carte, seduto fuori da un bar. Allora lo chiamo: Nonno! e lui si gira, guarda Carlos, poi guarda me, sorride, dice: Oscar, gliel'hai insegnato anche a lui, il verbo avere? Ma lo dice in un modo che si capisce che scherza, e ride, ride forte, allora mi vergogno un po', sento le guance rosse, balbetto: Nonno, basta con questa storia! Poi gli vado veloce incontro, e anche lui viene verso di me, le braccia spalancate. Ma proprio all'ultimo non riesco a toccarlo, c'è qualcuno che mi trascina via, che dice: *Nanni!* Animo, *Nanni*! e in un attimo mio nonno non c'è più, è sparito dentro la folla di *tangueros* della domenica che adesso sono tanti, tantissimi, e ballano veloci tutt'attorno. Allungo un braccio verso mio nonno, ma nella mischia qualcuno mi spinge forte, all'indietro, così forte che cado lungo per terra, picchio la testa, urlo: Aiuto, e in un attimo è tutto buio, non sento più niente.

Quando riapro gli occhi non c'è più plaza Dorrego, e non c'è nessuno che mi spinge, c'è solo un tubicino sottile che mi esce da sotto il gomito e va su, in alto, dritto nella luce del neon che mi brucia gli occhi. Da qualche parte arriva una voce che me la ricordo, dice: *Belin Nanni*, cosa ti urli, che ti è andata di lusso. Giro la testa piano, c'è una che mi guarda seria seria, sembra Erika, forse. Poi con la voce di Erika dice: *Nanni*, animo, tanto lo so che mi senti, e mi stringe forte le dita. Sento la gola secca, voglio dire: Erika, ma non mi esce la voce, mi fa male tutto, mi scoppia la testa. Erika tira fuori un fazzoletto di carta, mi asciuga l'angolo della bocca, dice: Dai, su *Nanni*, che stai meglio di me, ci hai fatto venire un accidente! e mi guarda, sorride, mi stringe di nuovo le dita. Voglio dirle qualcosa, qualsiasi cosa, ma non ci riesco, e tossisco e mi fa malissimo la spalla, il petto, tutto. Provo ad aprire bene gli occhi, voglio parlare, ma lei si mette un dito sulle labbra, fa: Sssst, e poi: *Belin Nanni*, non ti ricordi niente, eh? Scuoto la testa. Erika sorride, dice: Ieri hai svegliato Carlos, quando hai urlato, per fortuna. Ti è andata bene che qua conosco tutti, guarda che bel posticino di lusso che ti ho trovato, e fa un segno con la mano verso le pareti azzurre, il soffitto bianco di neon. Adesso però stai lì buono, che torno subito, dice, mi schiaccia il fazzoletto in mano, se ne va. Chiudo gli occhi, penso: Urlato? Di lusso? Ma è un attimo, Erika è rientrata dietro a uno con la barba, gli occhiali, un camicione azzurro, i guanti di lattice bianchi. Mi dice tutto contento: Signor Oscar, bravo, s'è svegliato da solo, bravissimo, e viene a sedersi vicino a me, dove c'era Erika. Parla con questa voce bassa, sorride, dice: E adesso misuriamo la pressione, e di nuovo sento male a tutto quando mi tira su la manica del pigiama piano piano, fino al gomito. Sento freddo sul braccio, riesco a tirare fuori la voce, mi esce questo filo di voce bassa da qualche parte che dice: Cos'è successo? e sono subito stanchissimo, chiudo gli occhi.

Dai che c'è il professore, su, sentiamo, dice Erika, e mi scuote il braccio, si allontana dal letto. Il professore si avvicina, assomiglia a quello di prima, solo non mi guarda, guarda un'infermiera bionda minuscola a fianco a lui che regge una cartellina davanti alla faccia e legge, a voce bassa: Maschio, quarant'anni, temperatura corporea trentasei e cinque, pressione centotrenta novanta, posologia... e il professore fa su e giù con la testa, dice: Ah sì, sì, questo è l'infarto acuto del miocardio, quello che si è svegliato da solo, bene, bene. Poi dice ancora qualcos'altro, ma non lo sento più, non sento più niente. Quando il professore ha detto: Infarto, ho spalancato gli occhi verso Erika, lei ha incrociato il mio sguardo, mi ha strizzato l'occhio, ha fatto un gesto veloce con la mano come a dire: Aspetta, ti spiego dopo, e poi è uscita nel corridoio con il professore e l'infermiera mentre mi ripetevo dentro la testa, gli occhi chiusi: Infarto. Acuto. Infarto. Acuto. Penso: Cuore, sei ancora lì? Ma il cuore zitto fermo immobile, non risponde.

Non mi ricordo bene se erano passati due giorni, o

tre. So solo che ogni tanto mi guardavo il braccio, ogni volta mi sembrava una cosa che non ci credevo, che c'era un tubicino che usciva dal mio braccio. So solo che tutte le volte che provavo a addormentarmi arrivava l'infermiera, con i suoi fogli il suo termometro le sue fiale da sciogliere nell'acqua, amarissime. Era sempre seria seria dietro i suoi occhiali spessi, diceva solo: Trentasette e tre, oppure: Trentasette e quattro, che per debolezza mi era salita un po' di febbre, e scriveva fitto fitto dentro la sua cartellina. Delle altre non so cosa doveva controllare, però mi toccava proprio lì dove entrava l'ago, mi faceva male. Io dicevo: Piano, piano, ma lei guardava per terra, scuoteva la testa, ogni tanto diceva: Su, su, animo. Una volta che mi sono lamentato un po' di più ha perso la pazienza, ha detto: Allora! e poi: Mi stia bene a sentire, e mi ha squadrato da dietro gli occhiali. Lei se lo ricorda che ha preso un colpo che stava più di là che di qua, o no? Che se la sua amica non le trovava subito posto qui da noi, che poi come ha fatto ancora non l'ho capito, capace che non lo raccontava, o no? Allora vedrà che non l'ammazza di certo una flebo. Scuoteva la testa, quando se n'è andata via.

Una notte mi sono svegliato, c'era un silenzio che non ci si credeva. Che a fianco a me nella camera c'era un altro infartuato, ho imparato questa parola nuova che mi fa molta impressione a ripeterla: infartuato, come me. C'era un viavai tutti i giorni al suo letto che doveva anche fargli poco bene, secondo me, stare dietro a tutta quella gente che parlava forte, rideva, entrava e usciva. Poi quando la sera andavano via tutti attaccava lui, a parlare con me, si vede che gli ero molto simpatico. Mi raccontava che lui non se lo aspettava, l'infarto, no no. Ci stava uscendo di testa, che proprio non si capacitava come potevano capitare certe cose a uno come lui. Proprio a lui che mangiava poco, non beveva, non fumava, tutta una vita da sportivo, proprio come il suo mito, cioè: Gianni Morandi. Lo conoscevo, Gianni Morandi? Lo sapevo che era uno che correva le maratone? Che ne aveva corse già più di dieci, e alla sua età continuava a correrle? Anche quelle famose, lo sapevo di quella volta che aveva corso a New York? E le mezze maratone, lo sapevo delle mezze maratone? Che ne aveva corse più di cento? Io facevo di sì con la testa, ogni tanto dicevo anche sottovoce: Certo, certo, come no, allora lui andava avanti per mezz'ora, ogni tanto canticchiava piano: Uno su mille ce la fa.

Una sera, avevo quasi finito di mangiare, è venuta a trovarmi Bianca. Mi ha aiutato a tagliare una fettina di pollo solitaria, minuscola, tutta triste dentro la sua vaschetta bianca. Quella sera c'era pollo e patata bollita, di nuovo. Le patate bollite a me di solito mi piace mangiarle, devo dire. Solo, dopo dei giorni di patata bollita senza olio senza sale senza niente, ho deciso che le patate bollite sono come quella stazione, come i balli caraibici. Ho deciso che quando esco di qui non ce le voglio mai più, nella mia vita, le patate bollite. Bianca è rimasta lì zitta per quasi tutto il tempo, seduta ad ascoltarmi che le raccontavo cos'era successo, di Ernesto, di Nina, di Maria. Solo alla fine mi ha guardato seria seria, ha detto: Stammi bene a sentire, Oscar. Secondo me, per guarire devi proprio liberarti i chakra, altroché. Poi quando esci ne parliamo bene. Intanto scrivi, se ce la fai. Scrivi, che ti fa bene alle connessioni emotive. Guarda che è importante, anche a me sta facendo bene scrivere di me e Ivano. Quando ha detto: Di me e Ivano ha guardato per terra, si capiva che c'era qualcosa di storto. Poi ha detto: Che poi anche a scrivere, è dura, a pensare che ha un'altra in testa, forse. Ha sospirato, mi ha preso la mano sinistra, l'ha passata con un gesto largo prima sulla mia tempia, poi sul cuore. Poi me l'ha stretta piano piano, l'ha poggiata sul cuore insieme alla sua, ha chiuso gli occhi e si è messa a cantare sottovoce: Oooooom. Oooooom. L'Amico di Gianni Morandi ha fatto finta di niente, poi al terzo: Oooooom si è girato nel letto, ha fissato Bianca, ha detto forte: Te li do io i chakra, signorina. Altro che chakra, gli ci vuole! e le ha fatto un gesto di quelli brutti con la mano. Poi è scoppiato a ridere, e dietro a lui tutti i suoi, quelli che erano venuti a trovarlo. Bianca ha smesso di cantare. Li ha guardati in un modo, con uno sguardo tipo Černobyl', che secondo me gli aveva fatto fuori i chakra a tutti quanti in un attimo. È rimasta zitta e ferma immobile a fissarli con quello sguardo lì, ha scosso la testa. Poi ha messo sul mio comodino una bottiglia d'acqua in vetro, di lusso, una penna Bic, un quaderno. Ho sentito il caldo della sua mano sulla fronte, per un attimo. Poi se n'è andata via veloce senza dire niente, tutta avvolta dentro la sua pashmina indiana gigante.

Insomma mi sono svegliato, quella notte, ho accesso la luce sopra il mio lettino. L'Amico di Gianni Morandi ha grugnito, poi si è girato dall'altra parte, si è rimesso subito a russare. Ho preso il quaderno dal comodino, la Bic, ho iniziato a scrivere: Cara Nina, come stai? Spero bene. Mi dispiace per quello che è successo. Ho riletto, ho pensato: Be', forse è un po' poco. Ci mancherebbe altro che non mi dispiacesse. Allora ci ho tirato una riga sopra, ho ricominciato. Cara Nina, scusami se ti disturbo, solo volevo dirti che sono, scusa la parola, una merda, e anche che mi dispiace moltissimo per quello che è successo, e se mi perdoni e mi vuoi ancora un po' di bene, perché io ci ho pensato tanto, e te ne voglio moltissimo, di bene, più di tutto il resto e di tutti quanti, e vorrei tornare a come eravamo prima, e se mi dicessi che mi vuoi ancora bene sarei molto felice, moltissimo, e ti bacerei piano sui capelli e direi: Mi sono sbagliato, però adesso non me ne vado più via, e nemmeno tu, se sei d'accordo, non te ne andare da dentro la mia vita, anche se sono messo male, per favore. Saluti, Oscar. Ho riletto, forse adesso è un po' troppo, ho pensato. Allora mi sono rimesso a tirarci sopra delle righe e riscrivere e poi di nuovo a tirarci sopra delle altre righe, avanti così per un'ora. Alla fine il quaderno era pieno di righe tristi cancellate e riscritte e cancellate di nuovo. Ho strappato tutto, le pagine appallottolate sul comodino. Va a finire che ha ragione Bianca, ho pensato. Che sulle connessioni emotive siamo rovinati, ormai. Ho guardato l'orologio, erano le tre, non avevo ancora scritto niente di buono, tranne: Cara Nina, come stai? e tra l'altro anche quello non mi convinceva più, a rileggerlo. Ho messo giù la penna, ho chiuso gli occhi, ho pensato: Cuore, se c'eri tu, lo sapevi cosa scrivere. Ma il cuore zitto, non fa una piega. Allora ho continuato: Bravo, cuore, sono contento, quando serve un consiglio ci si può proprio contare su di te, grazie. Il cuore rimane sempre muto. Allora ti sei proprio offeso, ho pensato. Ma io non lo so, cosa ti viene in mente, cuore. Che prima quasi quasi mi fai fuori, poi ti offendi. Ti sei offeso? No, perché magari capace anche che ti sei offeso. Se ti sei offeso dillo allora, sentiamo. Invece niente da fare, il cuore offeso offesissimo resta muto zitto fermo non batte ciglio, silenzio.

Sono rimasto lì a stringere il quaderno nelle mani, a sentire l'Amico di Gianni Morandi che russava nel buio per non so quanto tempo, il cuore sempre zitto. Mi è venuta in mente quella volta che piangevamo, io e il cuore, sulla panchina fuori dalla stazione, dopo il discorsetto di Ennio. Poi quella volta che ballavamo con Nina, al buio, con la luce dei lampioni dalla finestra. Allora ho pensato: Cuore, avrai anche ragione tu, che non ne vuoi più sapere di me. Solo, ci sono arrivato un po' tardi, in effetti. Sì d'accordo tutto quello che vuoi, dovevo starti a sentire, che mi stavi avvisando. Ma che ne sapevo io, non ci avevo capito niente, e poi scusa, ma secondo te, cosa vado a pensare? Niente da fare. Zitto muto fermo immobile. Allora sono andato avanti. Va bene cuore, mi scuso, sei contento adesso? Avevi ragione tu. Ti prometto di fare tutto quello che dici, d'ora in avanti. Basta che torni, però. Ancora silenzio. Non ho mollato, però. Ho tirato il fiato, ho detto sottovoce: *È che mi son distratto un attimo. Colpa d'Alfredo.* Ho trattenuto di nuovo il fiato. Questo è un colpo basso, lo so, ho pensato. Ma se non torni così, non torni più. Invece, niente da fare. Ho aspettato un minuto, poi ho riprovato, piano piano. *Che male c'è, che c'è di male*, ho detto sottovoce. Tutto zitto fermo immobile. Questo silenzio ostinato mi ha fatto venire un mal di testa così forte che la stanza s'è messa a girarmi tutt'attorno. Ho pensato: Va bene, ultimo tentativo, ultimissimo, poi ho sussurrato: *Tu, tu che sei diverso, almeno tu nell'universo.* Silenzio. Niente, ormai non c'è niente da fare, non raccogli nemmeno. Invece una volta ti piacevano tanto le provocazioni, ho pensato. Parlavamo così bene assieme, io e te, una volta. Te lo ricordi, cuore, che chiacchierate? Mi è venuto un po' da piangere, ho messo via il quaderno, la penna, ho spento la luce, mi sono rimesso giù al buio nel mio lettino.

Ero lì a occhi chiusi, pensavo: Va bene. Adesso però è finita, basta. Dormi. Saranno state le cinque, stavo per addormentarmi. Poi, di colpo, un sussulto sospetto dentro la gola. Aspetta un attimo che forse, forse, ho pensato. Ho tirato il fiato, mi sono tirato su piano pianissimo nel letto, era proprio lui, saliva dalla gola, picchiava nell'orecchio appena appena, e poi più forte, sempre più forte, fortissimo. *Che con i suoi discorsi seri e inopportuni mi fa sciupare tutte le occasioni!* ha urlato il cuore, e poi ha fatto un bum che adesso qua mi si staccano tutti i tubicini dal braccio, ho pensato, ma non me ne importa niente, sei tornato, lo sapevo, lo sapevo!, ho detto e forse ho anche urlato, perché l'Amico di Gianni Morandi ha grugnito: *Cusse gh'è?* e poi: Sssst, e si è girato nel letto sull'altro fianco. *Oscar! Scrivi, anima prava! E se cambi una virgola stavolta giuro che ti faccio fuori!* ha urlato di nuovo il cuore. Solo, quasi non lo riconoscevo, dalla voce. Non mi sembrava lui, con questa voce nuova un po' rauca, che faceva fatica a finire le frasi. Però ho fatto finta di niente, gli ho risposto: Va bene cuore, non ho capito niente ma facciamo come vuoi tu, tutto quello che vuoi, ho detto. Ho riacceso la luce, ho strappato due fogli puliti dal quaderno. Il cuore ha dettato: *Cara Nina*, e poi tutto il resto.

Al mattino è venuta a trovarmi Erika, ha incrociato l'infermiera che usciva dalla mia stanza, le vedevo che parlottavano sulla porta, Erika mi guardava, faceva di sì con la testa, sorrideva. Poi l'infermiera è andata via, Erika si è fatta avanti tutta contenta, mi ha stretto le dita, ha detto forte: *Belin, Nanni!* Un paio di giorni ancora e poi è finita 'sta storia, sei contento? Un minuto dopo è arrivata di corsa anche Maria, ha abbracciato Erika, ha detto: Ho sentito, sei stato bravissimo *corazón*, fra pochi giorni andiamo a casa assieme, e mi ha schioccato un bacio sulla fronte. Il cuore si è subito messo a fare dei salti di protesta, ho pensato: Tranquillo, cuore, che siamo d'accordo. Ho stretto la mano di Maria, ho chiuso gli occhi, non ho detto niente. Maria parlava e parlava, ha detto: Vedrai che adesso ci penso io a te, *corazón*. Tu devi solo riposarti, che al resto ci penso io, diceva. Allora chiudevo gli occhi e rispondevo: Grazie, certo, certo, e mi faceva male il cuore dentro la gola a sentirlo picchiare mentre dicevo: Certo, certo. Maria ha parlato ancora tantissimo, ogni tanto si fermava, diceva: Capito, *corazón*? Facevo di sì con la testa a occhi chiusi, piano piano. Poi dopo il quarto: Capito? Maria ha detto: Forse è meglio che andiamo, però, ti vedo un po' stanco, *corazón*. Se ne sono andate che avevo ancora gli occhi chiusi, il cuore che borbottava, diceva: *Guai a voi, anime prave!* Poi ho dormito quasi tutto il tempo, mi hanno svegliato Luis, Carlos e Bianca, per le visite della sera. Quando Bianca è andata via le ho dato la lettera per Nina, ho detto: Mi raccomando, però. Il cuore ha fatto un bum timido di felicità quando Bianca l'ha messa nella sua borsa da yoga, mi ha strizzato l'occhio in un modo che per un attimo mi è sembrata l'Amico di tutti, voleva dire: Tranquillo, ci penso io. Carlos ha guardato tutta la scena serio serio, poi ha detto serio serio a Bianca: Mi raccomando anch'io, che se si rimette a fare le nottate a guardare le scarpe da tango, non si dorme più. Poi però un attimo dopo le ha strizzato l'occhio, si capiva che scherzava.

Tre giorni dopo al mattino presto l'infermiera è venuta a farmi firmare dei fogli, ha detto: È stato bravo, complimenti, può andare, niente sforzi, mi raccomando. L'Amico di Gianni Morandi ci guardava in un modo che si vedeva che non gli andava giù. Che lui che faceva le maratone ancora lo tenevano sotto osservazione, invece io potevo già uscire, non era possibile. Tanto è sicuro che manca poco anche a me, diceva, però poi scuoteva la testa e mi guardava con la faccia triste. Aveva una disperazione addosso che secondo me nemmeno Gianni Morandi l'aveva mai provata una disperazione così, nemmeno quando non era riuscito a finire una maratona, se qualche volta non c'era riuscito. Allora siamo d'accordo, appena esco andiamo a fare una bella corsetta, io e te! aveva detto. Ho detto: Certo, certo, invece volevo dirgli: Se c'è una cosa che non ce la voglio dentro la mia vita è la corsa, te lo dico. Che a me la corsa proprio non mi è mai piaciuta, in effetti. Camminare, va bene. Pedalare, anche. Correre, non lo so. E poi me lo immaginavo, l'Amico di Gianni Morandi che correva sul lungomare con la sua maglietta giallo limone, la fascia elastica sudata sulla fronte, che con le cuffie nelle orecchie cantava *Banane e lampone*. Allora va bene che ultimamente di tango ne ho visto poco pochissimo, ho pensato, però anche fare cambio con le maratone non so se me la sento, caro Amico di Gianni Morandi. Solo, alla fine mi dispiaceva un po', avevo aggiunto: Appena esci ci mettiamo d'accordo, mi raccomando, animo! Poi per fortuna era arrivata Maria, mi aveva aiutato con i sacchetti, le borse, eravamo andati via senza far rumore, quasi.

Quando era venuta a trovarmi in ospedale, all'inizio, avevo detto a Maria che secondo me quando finiva tutta questa storia me ne tornavo a casa con Luis, Carlos ed Erika, che stavamo bene assieme, che doveva stare tranquilla. Poi più passavano i giorni più lo sapevo che non era vero, che si stava mettendo male. Pensavo a cose tipo: Scendo dal letto, mi faccio la doccia, mi faccio da mangiare eccetera, e già al pensiero di fare tutte queste cose da solo mi sentivo stremato esausto debolissimo. Allora gli ultimi giorni in ospedale avevo provato a dirlo a Erika, se conosceva qualcuno che voleva arrotondare, venire a casa ad aiutarmi con la doccia, magari cucinarmi anche qualcosa eccetera. Erika aveva sorriso come a uno che non sa quello che dice, aveva scosso la testa. Son palanche, *Nanni*! aveva detto forte, e si era sfregata veloce il pollice e l'indice su e giù, piegati nella mano stretta a pugno. Voleva dire: Guarda che costa. Allora avevo lasciato perdere, che di spendere ancora di più non era proprio il caso. Avevo anche pensato di chiedere a Bianca se potevo stare un po' da lei. Mi piaceva l'idea di stare da Bianca, che mi pareva che a casa sua aveva delle campane tibetane speciali, e anche delle tisane che si inventava lei che mi facevano riprendere subito immediatamente, secondo me. Poi mi era venuto in mente l'Amico di tutti, che a stare a casa di Bianca in un modo o nell'altro non si scampava dall'Amico di tutti, allora avevo cambiato idea. Da Nina intanto nessuna notizia, avevo anche pensato di mandarle un messaggio, avevo chiesto al cuore cosa ne pensava. Ma dopo quella volta della lettera il cuore non si era quasi più sentito, solo ogni tanto un borbottio, era proprio esausto, secondo me. O forse voleva dire che anche io dovevo starmene tranquillo ad aspettare la risposta di Nina, e basta.

Intanto però erano passati i giorni e Nina sempre zitta. Invece Maria aveva già deciso tutto, aveva detto: Ma come, solo due o tre giorni! quando le avevo detto che sì, volentieri stavo da lei, ma al massimo due o tre giorni, che non volevo disturbare. Mi aveva fatto spazio nel suo monolocale minuscolo in camera, in bagno, aveva persino comprato dei fiori freschi la mattina che ero uscito dall'ospedale, per l'occasione. Certo che mi piacciono, le avevo detto, come no, e avevo pensato a Nina subito immediatamente. Che quando la rivedevo sicuro che volevo portarle dei fiori, un mazzo di rose rosse gigante, come minimo. Perché sicuramente la rivedevo presto, era questione di poco. Tempo che leggeva la lettera e capiva e mi perdonava e mi mandava un messaggio, sicuro. Al massimo un paio di giorni, avevo pensato, vero cuore? Ma il cuore non rispondeva, forse non ce la faceva più a battagliare. Ancora non lo so se gli piace o no questa sistemazione temporanea da Maria. Non risponde più, se ne sta in silenzio da qualche parte, zitto fermo immobile che non c'è verso di smuoverlo. E Nina, che le ho scritto una lettera bellissima, qua è passato un altro giorno e nemmeno un messaggio, una telefonata, niente di niente. Allora non so cosa devo fare, con Maria. Non lo so se va bene, o forse sì, solo due o tre giorni a vedere come ci sentiamo, due o tre giorni assieme con Maria. Tu cosa dici, cuore? Ma il cuore niente, neanche un bum minuscolo di quelli che faceva una volta prima di dormire, sparito del tutto.

Maria non cucinava mai, prima. Che se non ci pensavo io, a fare la spesa, a casa non si mangiava. Adesso invece, tre pasti al giorno. Comincia con il decaffeinato al mattino, me lo porta a letto, dice: Buongiorno *corazón*, la colazione è sul tavolo, ed esce di corsa a fare lezione. Poi torna a mezzogiorno con i sacchetti della rosticceria, del pastificio di lusso, persino dei fiori freschi, delle volte. Apparecchia la tavola, dice: Buon appetito! Alla sera uguale, mi accarezza piano la fronte se mi sono appisolato sul divano, mi sveglia per la cena. Non mi fa nemmeno toccare un piatto da lavare, dice: No, no, hai sentito cos'ha detto l'infermiera, niente sforzi, e ride e mi bagna la punta del naso con la schiuma dei piatti. Anche io facevo così con lei, una volta. Alla sera poi viene a controllare se mi sono coperto bene, se c'è un bicchiere d'acqua sul comodino prima di addormentarmi. Mi ha persino dato il suo letto, lei va a dormire in un divano letto piccolissimo, così sto più comodo. Ho provato a rifiutarmi, non c'è stato verso, Maria dice: Hai sentito cos'hanno detto, che ti devi riposare, per adesso meglio che dormi qui. E che ci dormi da solo. Poi più avanti… vedremo, e mi ha sorriso con le sue labbra rosse in un modo che mi è salito dentro qualcosa di caldo, qualcosa che era un po' che non lo sentivo, allora penso: Cuore, ma quindi? Però niente, neanche un bum piccolissimo, neanche una strofa, una terzina, niente di niente.

Passano altri due giorni di Maria che cucina, compra fiori, mi stringe la mano quando mi addormento. Solo, stavolta non ho su le scarpe da ballo, quando sono sul letto. Ho delle calze speciali lunghe e spesse che mi schiacciano i polpacci in un modo che fa bene alla circolazione di quelli come me, cioè gli infartuati lungodegenti in decorso post-operatorio, ha detto l'infermiera che me le ha date. E anche Maria ha certi pigiamoni di flanella con i cuori e gli orsetti invece dei vestiti da ballo con le paillette. Poi ogni tanto mi sveglio di notte, faccio dei sussulti che penso: Ecco! e invece non è il cuore. Il cuore ha proprio chiuso, con me. Ha proprio smesso di farsi sentire, sempre fermo zitto immobile, niente di niente. Guarda che quasi quasi mi offendo anch'io allora, penso. Perché dimmi te cosa dovrei fare, cuore. Che lo vedi che alla fin fine, forse ci vogliamo bene di nuovo con Maria, o no? Sì d'accordo il pigiama con gli orsetti, mi piacevano di più le paillette, ma pazienza. Del resto, mi pare che anche tu alle mie calze da malati non c'eri abituato, o no? Silenzio. Allora d'accordo che stiamo qui assieme solo da un paio di giorni, però, ecco. Specialmente quando Maria mi guarda in quel modo anche se sono messo male, quando mi accarezza la fronte e dice: *Buenas noches, corazón*. Allora magari andiamo avanti così punto e basta, o no? Penso e penso e penso e penso ma tanto lo so, è inutile farci dei discorsi, con il cuore. È proprio sparito, nessuna traccia, niente di niente, una roba che nemmeno in Patagonia c'è un vuoto così. C'ho un vuoto tra lo stomaco e l'orecchio che sembra che c'è passata Marie Kondo in uno dei suoi momenti migliori, secondo me.

9
Una sera Maria mette un bicchiere d'acqua sul mio comodino

Una sera Maria mette un bicchiere d'acqua sul mio comodino, spegne la luce, si chiude dietro la porta, va a dormire subito che domani esce prestissimo, dice. Rimango da solo nel suo letto a fissare il bicchiere nel buio, a pensare: Lo vedi che è ancora tutto come una volta con Maria, sotto sotto. O forse no. Adesso dormi, però. Invece passano cinque minuti, poi dieci, sono sempre lì a fissare il bicchiere, a pensare che va tutto bene benissimo nella mia vita, con le mie calze della salute, con Maria che dorme nel divano letto, con il cuore che non si sa che fine ha fatto. Chiudo gli occhi, mi viene in mente il padrone della sala da ballo, se conosceva il cuore sicuro che lo guardava e allargava le braccia in quel modo suo speciale, sicuro che gli diceva con quella faccia lì: Cosa vuoi andarci a dirci. Solo che stavolta lo avrebbe detto di me, non di Maria. Mi giro e mi rigiro nel letto, schiaccio forte la testa nel cuscino, mi addormento.

C'è un freddo, ma un freddo, e un buio che non si vede niente, però mi sembra il bar di Faris. Infatti c'è proprio Faris dietro al bancone che mi mette di fronte una teiera e un bicchierino di tè, di quello caldo e profumato che fa lui, dice: Bevi Oscar, bevi che ti scaldi. Solo che appena faccio per bere, il tè diventa freddo, anzi, è proprio tutto ghiaccio. Allora lo rimetto sul bancone, e subito ridiventa bollente. Com'è possibile, penso, e dico: Faris! Ma cos'è, uno scherzo?, solo che non c'è più Faris dietro al bancone. Anzi, non c'è proprio più nessuno, c'è rimasta solo la televisione accesa, e nello schermo c'è il faccione del Mago Candido che sogghigna nel suo barbone bianco, sembra ancora più vecchio di una volta. Se ne sta lì a ridacchiare mentre stende le carte in fila sul tavolo, poi di colpo ne estrae una, mi fissa, dice: Oscar! Buono il tè, o no? e ride a bocca spalancata. Sobbalzo sullo sgabello, non lo so com'è possibile, ma parla proprio con me. Ora stringe la carta tra le dita, mi guarda in un modo che fa un po' paura, allora dico piano: Mago Candido! Ma cosa vuoi da me? Ma lui ride ancora più forte, agita la carta sempre più vicino, allora la vedo bene: un cuore rosso, trafitto da tre spade. Il Mago Candido adesso mi fissa arrabbiato, punta un dito sul cuore, urla: Oscar! Tre di spade! Guarda il tuo cuore, guarda cosa gli hai fatto, traditore! Allora mi viene un po' da piangere, dico: Mago Candido! Non fare così, giuro che ti posso spiegare tutto! Ma il Mago Candido picchia un pugno sul tavolo, urla: Tu zitto, devi stare! Basta, prossima chiamata! Allora il telefono si mette a squillare forte, fortissimo, così forte che spalanco gli occhi e di colpo non c'è più il Mago Candido, e non c'è più nemmeno il bar di Faris. Invece c'è il mio telefono che squilla davvero, da qualche parte. Lo cerco al buio con le dita, mi tremano le mani, faccio cadere il bicchiere dal comodino. Piano, con calma, tanto non è Nina, non è Nina, non è mai Nina, te lo ricordi o no.

Non ce la faccio a guardare chi è, dico solo: Pronto. Sento la voce di Bianca, penso: Visto? e poi: Finalmente, che erano dei giorni che non la sentivo, che anche lei non so perché non mi aveva più risposto ai messaggi. Solo che con Bianca era normale, ogni tanto spariva così, poi si rifaceva viva come niente fosse, si sapeva. Infatti dico anche: Alla buon'ora, ma sento solo un gran casino, non si capisce niente. Però è proprio lei, dice che sta partendo per il Nepal, che vuole salutarmi dall'aeroporto. Ma come, Nepal? chiedo, e poi mi viene un sospetto, dico: Ma a Nina, gliel'hai data la lettera? Bianca non risponde, urla nel telefono: Non si sente niente, ci sentiamo quando torno, stammi bene! e mette giù. Ho spento la luce ma il sospetto era sempre lì, ho pensato: Cuore, cosa ne dici tu? Il cuore zitto fermo non pervenuto, tanto per cambiare. Allora mi sono rimesso giù al buio, a fissare il soffitto.

Saranno passati al massimo cinque minuti, squilla di nuovo il telefono. Non è possibile, penso, però squilla, squilla, squilla e allora tiro su, sento: *Nanni*, pronto! È Erika, e si sente che è scocciata, che stava per mettere giù. Stammi bene a sentire, dice. Non gliela riconosco, a Erika, questa voce seria, rimango lì zitto, aspetto. Sento Carlos che protesta in sottofondo, Erika che dice: No, no, adesso glielo dico eccome, altro che domani, e poi forte: Allora, sono qui con Carlos, scusa un attimo. Poi non si sente niente, solo del gran rumore di fondo e qualcosa tipo: *Oh belin Carlos, quieta!* e di nuovo a me, tutto d'un fiato: Bianca ha lasciato qui uno scatolone per te, c'è dentro della *rumenta* tipo un tappetino, delle calze con gli attacchini, una busta, poi c'è anche un biglietto che c'ha scritto: «IVANO HA UN'ALTRA, QUANDO TORNO TI SPIEGO, P.S.: ANCHE DELLA LETTERA», allora dice Carlos che forse bisogna avvisarti, ma poi non si sa spiegare st'*abelinato*, cos'è 'sta storia della lettera, è importante sì o no? Sento che mi trema la voce quando dico: Erika, vienimi a prendere, prima che puoi. Anzi no, vieni domani mattina. Presto però, verso le sette, sette e mezza al massimo. Poi ti spiego.

Mi giro e mi rigiro dentro al letto, e quando chiudo gli occhi li riapro subito, a fissare il soffitto, a guardare il telefono. Avanti così tutta la notte, fino a quando la luce comincia a filtrare dalla finestra. Sento Maria che si alza, traffica in cucina, in bagno, poi si chiude la porta dietro quando va via, piano piano. Oggi esce di casa prestissimo, dà la prima lezione della giornata, al corso degli anziani. Mi metto un paio di pantaloni, un maglione. Vado in cucina, riempio un bicchiere d'acqua. Mi tremano le mani, non so bene che ore sono, so solo che dovrebbe arrivarmi un messaggio, fra poco. Quando arriva, dice: *Nanni* scendi, e non so bene come ma sono già nella Punto blu scassata di Erika, mi scoppia la testa, mi fanno male le gambe, le braccia, si capisce che non sto bene, che non le posso più fare le cose così, con la fretta, con l'ansia. Erika fuma con una mano fuori dal finestrino e picchia sul volante con l'altra, dice: *Nanni*, non lo so mica cosa ti dice il cervello, che stai più di là che di qua, e scuote la testa. Però si vede che ha capito che è importante, dopo un po' la smette, non dice più niente. Solo una volta quasi brucia un semaforo, col rosso.

Erika mi ha preso sottobraccio, abbiamo fatto le scale assieme, piano piano, ma anche così non ho più fiato quando entriamo a casa. Mi guardo attorno, non mi sembra vero che sono di nuovo qua, con la puzza di fumo, le pareti giallline, Erika che sbatte la porta forte per chiuderla, con quelle manine. Lo scatolone è proprio all'ingresso, c'è scritto con il pennarello nero: «OSCAR», con la scrittura svolazzante di Bianca. Ci frugo dentro, c'è un tappetino da yoga dei suoi, due magliette, delle calze con gli attacchini, il biglietto col suo messaggio, e poi una busta con su scritto: «PER NINA». Le mani mi tremano ancora più forte quando la vedo, è proprio la mia lettera, è la mia, è la mia, e Nina non l'ha mai ricevuta, e di colpo il corridoio mi gira attorno, in un attimo è tutto buio.

Quando riapro gli occhi sono al tavolo della cucina con Erika che mi guarda in un modo che si capisce che stavolta è preoccupata per davvero anche lei, che non sa cosa dire. *Belin Nanni*, guarda che te non stai per niente bene, dice. Invece sto benissimo, rispondo, e mi sforzo di sorridere, era solo un giramento di testa, dico. Ma sei sicuro, *Nanni*? insiste Erika, e ripeto di sì, che sono sicuro, che può stare tranquilla, anzi, tranquillissima. Mi alzo, faccio un gran sorriso, la abbraccio forte. Così forte che forse ci crede anche lei, perché scrolla le spalle, dice: *Nanni*, sono di corsa, devo andare a lavorare, però per cortesia niente scherzi mi raccomando, dopo mi spieghi tutto. Sì, va bene, vai, vai, dico ma tanto Erika è già in bagno, si chiude la porta dietro, fa tlac tlac tlac proprio come me lo ricordavo. Ho aspettato un po' in cucina, Erika si è chiusa in camera, ha accesso la luce, silenzio. Sono tornato nel corridoio, non ho nemmeno accesso la luce. Ho ripreso la busta nel cartone all'ingresso. Sono scivolato fuori, mi sono chiuso dietro la porta pianissimo, ho pensato: Cuore, secondo me finisce male, però proviamo.

Invece quando esco dal portone e mi trovo davanti la mia bicicletta legata al palo penso che mi piace questa cosa, che la prima volta che la prendo di nuovo, dopo tutto quello che mi è capitato, è per andare a casa di Nina. Solo che dopo questo pensiero me ne viene un altro subito immediatamente: Aspetta un attimo, e poi: Cuore, ma te, te la senti? Perché se non te la senti va bene lo stesso, facciamo in qualche altro modo, vediamo. Inspiro, espiro. Ma tanto cosa te lo chiedo a fare, nemmeno mi rispondi. Silenzio. Aspetto un attimo, casomai gli viene un ripensamento. Invece niente da fare, il solito permaloso offeso che non c'è speranza. Ancora un minuto, che forse ci ripensa. Cuore! Ti ho capito, che ti vergogni di me. Dai cuore, dammi solo un segno, uno solo. Ma il cuore niente, zitto fermo immobile, si è proprio ammutolito per sempre, punto e basta.

Guardo la bicicletta, penso a casa di Nina, penso che da solo non ce la posso fare, mi devo inventare qualcosa. Allora sciolgo la catena, mi pianto bene sul sellino, piede sinistro a terra, piede destro sul pedale, mi allungo piano piano sul manubrio. Accarezzo i freni, chiudo gli occhi, sussurro: *Le stelle stanno in cielo, i sogni non lo so…* Silenzio. Niente da fare. L'altra volta ha funzionato, però. Allora insisto: *So solo che son pochi, quelli che si…* Niente, il cuore non abbocca, non finisce nemmeno la frase. Stringo i freni di nuovo, chiudo gli occhi, penso: Sviolinata finale. Sussurro: *Tu sì che sei speciale, ti invidio sempre un po'…* Penso: Ai complimenti lo so che non resiste, il cuore. Invece tutto fermo. Guardo in giù, c'è della ruggine nuova sulla canna, anche la ruota davanti mi sembra un po' sgonfia. Scuoto la testa. Hai ragione tu, cuore, dico. *Hai ragio-neeee tu.* Niente da fare. Lascio cadere le mani giù dal manubrio, a ciondolare sulla ruggine.

Dopo non lo so cosa succede, a ciondolare le mani, a scuotere la testa su e giù. Mi viene in mente Bianca che dice: Stammi bene!, Nina che non telefona, Giovanni che dice: *Scinn'a morte, ghe s'ariva vivi!* Allora anche se il cuore con me ha chiuso, anche se mi ha abbandonato così tocca provarci lo stesso, e non so come però in qualche modo riesco a mettere un piede sul pedale, poi l'altro, stringo i denti e parto, piegato sul manubrio a testa bassa, piano piano giù per la discesina.

La strada è poca ma mi fa male tutto lo stesso, le gambe tirano, mi bruciano gli occhi. Per fortuna che in giro c'è poca gente. Sicuro che c'è da mettersi paura a guardarmi che mi mordo le labbra, stringo i denti, faccio fatica a tenere dritta la bicicletta, mi sbanda a destra e a sinistra sotto le mani, anche se stringo forte il manubrio. Pedalo e tiro il fiato e tossisco che mi faccio paura, mi tremano le dita mentre trascino la bici e la stringo al palo sotto casa di Nina. Penso: E adesso stai a vedere che non risponde. Sicuro che le citofono e non risponde. Anzi, forse risponde anche, però poi non mi apre. Vedrai che dice: Oscar, te non stai bene. Alle otto e mezza del mattino, cosa ti viene in mente di attaccarti al citofono in quel modo lì? Che prima non rispondi ai messaggi poi al telefono mi tratti malissimo poi mi citofoni a quest'ora, ma sei impazzito? E scuoterà la testa dentro al citofono e metterà giù così, senza nemmeno pensarci due volte. Allora me ne starò qui ad aspettarla, che prima o poi dovrà uscire, ho pensato. Cuore, ci piazziamo qui tutto il giorno se ce n'è bisogno, o no?

Il cuore non risponde, ma faccio finta, tanto per farmi coraggio. Animo, cuore, lo so che hai paura che Nina non ci apre davvero, che ce ne dobbiamo tornare dritti dritti da dove siamo partiti. Anch'io ho paura, però aspetta un attimo, vediamo. Per strada ogni tanto passa qualcuno e mi guarda in un modo, si vede che pensa: Ma cosa ci fa quello lì attaccato ai citofoni con quella faccia, e io vorrei dirci: Guardate che voi mi vedete così un po' infartuato un po' convalescente, con i capelli lunghi che è un bel po' che non vado dal barbiere, con le guance scavate, con gli occhi lucidi che sembra che ho la febbre, invece non è mica febbre, è che mi fa male tutto e non ho più fiato ma non mi interessa niente, me ne sto qui finché Nina non mi apre, altro che quello che pensate voi. Allora citofono un'altra volta. Silenzio, silenzio, silenzio. Poi di colpo dal citofono di Nina esce una voce meravigliosa, una voce che potrebbe dire quello che vuole a me andrebbe bene tutto quello che dice, invece dice solo: Ma insomma, ma chi è?

Faccio i primi scalini, nemmeno una rampa intera. Non ce la posso fare. Sarà stata la bicicletta, o le scale di prima, ma ansimo forte, e mi mancano ancora quasi quattro piani di scalini alti, altissimi, non me l'immaginavo così. Mi fermo, pianto le mani sulle ginocchia. Bravo, penso, bravissimo. Adesso finisce qui, con un bel colpo apoplettico sulle scale di Nina. Mi siedo a mezza scala, inspiro, espiro. Provo a rialzarmi, piede destro, piede sinistro, a uno a uno su per le scale. Finisco la prima rampa, inizio la seconda, sento il sudore freddo giù per la schiena. Mi devo fermare di nuovo. Sono lì che tiro il fiato a testa bassa, penso: Basta, basta così, con la mano appoggiata al muro, gli occhi chiusi. Mi siedo sullo scalino ad ansimare con la testa tra le ginocchia. Va bene. Abbiamo provato. Adesso torniamo a casa, però.

Mi tiro su, piano piano, mi gira la testa. Appoggio la mano al muro, scendo il primo scalino, il secondo, lentissimo. Poi di colpo, un fischio nelle orecchie. Di quei fischi che li conosco, mi pare. Questa poi, cuore. Non fare scherzi, che delle tue sceneggiate proprio adesso non ce n'è bisogno, penso. Invece il cuore è lì per davvero, si agita nell'orecchio, sussurra: *Oscar! Siamo solo noi!* Spalanco gli occhi. Questa proprio non me l'aspettavo. Cuore, prima te ne freghi, sparisci, poi ti ripresenti così, di punto in bianco, solo mi sa che è un po' tardi, lo vedi come son messo, o no?

Ma il cuore nemmeno mi fa finire, riparte all'attacco e tira dei bum rantolanti uno dietro l'altro, non proprio come una volta, però si capisce che ce la sta mettendo tutta. Allora inspiro, espiro, dico piano: *Scinn'a morte*, cuore! e non ci torno più, indietro. Mi giro, guardo gli scalini, ce ne sono ancora tantissimi per arrivare su da Nina. Però dopo un altro bum più forte riesco a tirare su un piede, poi piano piano trascino anche l'altro, e il cuore riattacca: *Oscar! Senza perdersi d'animo mai! E combattere e lottare contro tutto, contro!* Tiro il fiato, sussurro: Animo cuore, almeno al secondo piano, almeno quello. Ma a ogni scalino la testa mi gira più forte. Il cuore invece non molla, segna il passo con tutte le forze: bum unó-bum! dué-bum! Barcollo, sono lì che arranco e allora il cuore spinge più forte, urla: *Oscar! Si può dare di più!* Le provi proprio tutte, cuore, penso, e forse sto delirando, sento anche l'Amico di Gianni Morandi che canta dentro la mia testa. Allora mi appoggio al muro, mi rimetto a trascinare i piedi su per le scale meglio che posso, il cuore sbuffa e delira e tira fuori di tutto, a un certo punto mi sembra di sentire persino: *Oscar! Bello, bello e invincibile!* e rido e tossisco e allora lui riattacca: *Oscar! Scoppia nella notte il sentimento mio! Ti sento forte forte e forte ti vorreiiiiii, sììììì!* Dopo picchia solo unó-bum! dué-bum! unó-bum! dué-bum! e poi finalmente, non so come, sono davanti alla porta di Nina. Sudo freddo, il cuore rantola: *Oscar! E quindi uscimmo a riveder le stelle!* e spara un bum finale, esausto. Ansimo a testa bassa, una mano sulla porta. Riesco solo a schiacciare un pugno sul campanello, e quando Nina mi apre non ci capisco più niente, non ci sono, non lo so, sento solo il profumo dei suoi capelli vicinissimo, nient'altro.

Dopo non lo so quanto tempo è passato, a parlare seduti sul letto, le gambe incrociate, ginocchio sinistro sopra piede destro eccetera. So solo che fuori c'è tanto sole, sarà l'una, le due. Nina non c'era proprio più andata, a yoga, che non se la sentiva di vedermi di nuovo, dopo tutto quello che era successo, dopo quella telefonata. La stringo piano, la sua testa poggiata leggera sulla mia spalla. Mi dispiace tanto, mi dispiace, dice, e scuoteva la sua coda di capelli a destra e a sinistra quando le leggevo tutto. Carlos, Ernesto, i moduli ordinati a due a due, le scarpe da ballo, Gianni Morandi, Maria, Bianca, tutto. Nina mi abbraccia forte quando finisco, ancora più forte di quando avevamo ballato assieme.

Poi si piega di lato, tira fuori qualcosa da sotto il letto, resta lì a trafficare per un po'. Allora succede una cosa che il cuore si ferma di colpo, non batte non si muove più, zitto fermo immobile col fiato sospeso. Nina se ne sta lì di nuovo a ginocchia incrociate, piede sinistro su ginocchio destro eccetera, solo che adesso ai piedi ha un paio di scarpe da ballo nuove di zecca, elegantissime, con la suola dorata e i tacchi lucidi che brillano come quella notte di tango con un soffio di musica, senza luce. Mi stringe di nuovo le mani, poi dice: Il telefono. Vedo il nome di Maria sul mio telefono che squilla, squilla, squilla. Fisso le scarpe di Nina, penso: Cuore, è meglio se rispondi tu. Ma il cuore stavolta se l'aspettava, secondo me. Fa solo un bum leggero, sussurra: *Va bene va bene va bene, va bene così.* Poi non lo so, se è la luce o cosa, so solo che le scarpe di Nina brillano ancora di più quando stringo il telefono tra le dita e schiaccio qualcosa e basta, non squilla più.

LE MERAVIGLIE
FICTION

IN LIBRERIA

Un ricco patrimonio e uno scritto.

Un morto che parla, libero finalmente di dire quello che pensa.

Ennio Rovere fa testamento e ha l'occasione di rimettere tutti in riga: dalla prima moglie alla donna di servizio, dal figlio più piccolo all'affezionato autista, dal dentista al cane devoto. Mai come adesso, si sente libero di parlare perché ormai – questo è certo – non ha più nulla da perdere.

Un testamento in forma di commedia dallo spirito dissacrante e tutto da ridere che conferma il grande talento umoristico dell'autore.

«Muzzopappa: punto di riferimento ormai granitico quando si tratta di scegliere qualcosa di spensierato».
Tegamini

«La pesantezza e la seriosità sono talvolta una piccola pecca delle opere letterarie italiane. Niente di tutto ciò nell'esilarante romanzo di Francesco Muzzopappa».
Olivier Mony, «Le Figaro»

«Niente, più di un romanzo umoristico ben scritto, può toccare la verità rendendola magicamente reversibile».
Amalia Zordan, «D – la Repubblica»

«Muzzopappa ha un'ironia intelligente, un umorismo raffinato come negli scrittori italiani se ne vede poco».
Alessandra Tedesco, «Radio24»

«Non ho mai riso così tanto. Muzzopappa è comicamente geniale».
Giulia Ciarapica, «HuffPost»

Collana «Le Meraviglie»

Fiction

Camilla Sernagiotto, *Circuito chiuso. Annales.*

Francesco Muzzopappa, *Una posizione scomoda.*

Giovanni Ricciardi, *Le indagini del commissario Ponzetti 1.*

Maria Silvia Avanzato, *Crune d'aghi per cammelli.*

Lulù Librandi, *C'ero una volta.*

Alessio Mussinelli, *Nemmeno le galline.*

Lorenzo Licalzi, *Il privilegio di essere un guru.*

Lorenzo Licalzi, *Non so.*

Silvia Noli, *Adelante.*

Edward Frederic Benson, *Lucia a Londra*, introduzione di Nancy Mitford. Traduzione di Alessandra Osti.

Francesco Muzzopappa, *Affari di famiglia.*

Francesco Mari, *La ragazza di Scampia.*

Edward Frederic Benson, *La regina Lucia*, traduzione di Alessandra Osti.

Carl Aderhold, *La strage degli imbecilli*, traduzione di Federica Angelini.

Alessio Mussinelli, *Nemmeno Houdini.*

Giovanna Zucca, *Assassinio all'Ikea.*

Giovanni Ricciardi, *Le indagini del commissario Ponzetti 2.*

Christian Frascella, *Mia sorella è una foca monaca.*

Arianna Porcelli Safonov, *Fottuta campagna.*

Flavia Borelli, *Sesso, amore e croccantini.*

Jesse Armstrong, *Amore, sesso e altre questioni di politica estera*, traduzione di Giacomo Cuva.

Giovanna Zucca, *Turno di notte. Lo strano caso del Fatebenesorelle.*

Valerio Di Gravio, *Ho 8 anni ma il tempo passa.*

Francesco Muzzopappa, *Dente per dente.*

Arianna Porcelli Safonov, *Storie di matti.*

Marco Rinaldi, *Il grande Grabski.*

Sandro Frizziero, *Confessioni di un NEET.*

Jarett Kobek, *Io odio internet*, traduzione di Enrica Budetta.

Giovanni Ricciardi, *Le indagini del commissario Ponzetti 3.*

Francesco Muzzopappa, *Heidi.*

Mauro Zucconi, *Io qui, tu là.*

Gianni Spinelli, *La scatola di cuoio.*

Shifra Horn, *Gatti.*

Daniel Albizzati, *Le avventure di Mercuzio.*

Jarett Kobek, *Oggi è già domani*, traduzione di Enrica Budetta.

Francesco Muzzopappa, *Un uomo a pezzi.*

Francesco Muzzopappa, *Sarò breve.*

Guide

Mattia Bernardo Bagnoli, *Strano ma Londra.*

Attilio Caselli, *Mio Rio!*

Michele Soranzo, *Shangai (mai dire mai).*

Paolo Re, *My Family goes to Auckland.*

Varia

Paolo Zagari, *Il tradimento preventivo.*

Giovanna Zucca, *Guarda, c'è Platone in tv.*

Isabella Pedicini, *Ricette umorali.*

Wilhelm Schmid, *L'arte dell'equilibrio*, traduzione di Federico Ferraguto.

Paul de Sury, *Manuale di autodifesa per maschi.*

Stefano Gargano, *Sua Felinità. Due cuori e una gatta.*

Camilla Sernagiotto, *Hipster dixit.*

Oliver Benjamin-Dwayne Eutsey, *Il Vangelo secondo Lebowski*, traduzione di Stefano Tummolini.

William Hazlitt, *L'ignoranza delle persone colte*, traduzione di Fabio De Propris.

Massimiliano Ciarrocca, *Pronto France'.*

Isabella Pedicini, *Ricette umorali il bis.*

Richard Stengel, *Il manuale del leccaculo*, traduzione di Daniele Ballarini.

FSC
MISTO
Carta
FSC® C129194

Finito di stampare
nel mese di luglio 2023
presso Print On Web s.r.l.
Via Napoli, 85 – Isola del Liri (FR)
per conto di
Fazi Editore

FSC
MISTO
Carta
FSC® C129194

Finito di stampare
nel mese di luglio 2023
presso Print On Web s.r.l.
Via Napoli, 85 – Isola del Liri (FR)
per conto di
Fazi Editore